EL SILENCIO QUE NOS UNE

colección andanzas

EL SILENCIO QUE NOS UNE

Pablo Berthely Araiza

Bajo el sello editorial TUSQUETS M.R.
Avenida Presidente Masarik núm. 111,
Piso 2, Polanco V Sección, Miguel Hidalgo
C.P. 11560, Ciudad de México
www.planetadelibros.com.mx

Primera edición en formato epub: agosto de 2023
ISBN: 978-607-39-0263-2

Primera edición impresa en México: agosto de 2023
ISBN: 978-607-39-0228-1

Impreso en los talleres de Litográfica Ingramex, S.A. de C.V.
Centeno núm. 162-1, colonia Granjas Esmeralda, Ciudad de México
Impreso en México - *Printed and made in Mexico*

Para Julio. Y para aquellos que cantaron
Los recuerdos de nuestra niñez.

No es la muerte la que disuelve el amor,
es la vida la que disuelve el amor.

Héctor Abad Faciolince

El silencio que nos une

¿Qué año era aquél?

¿Qué año era aquél? Fue el año en el que leyó una novelita que empezaba así: *Me acuerdo, no me acuerdo: ¿qué año era aquél?* Fue el año de la crisis, aunque en este país eso no es una referencia contundente, todos los años son de crisis o, quizá, la crisis mexicana dure mil años.

Su padre, recién desempleado, esperaba ansioso la llamada para que lo invitaran a sumarse a la campaña por la grande. Su madre, ansiosa por la llamada que no llegaba y desesperada por tenerlo todo el día en casa, no cesaba sus intentos por envalentonar a su marido para que él tomara la iniciativa.

—Búscalo tú, gordo. El que no habla Dios no lo oye.

—Mujer, en política, más vale esperar que lamentar.

—Pues allá tú y tu espera, pero tu compadre ya cobró su cheque este mes en el partido y te recuerdo que en esta casa no se come aire.

El hermano mayor también vivía ansioso, producto de su consumo lúdico y desmedido de marihuana, pero, sobre todo, derivado de una nueva expulsión escolar que se aproximaba. Corrido de tres colegios en dos años. Un récord personal que en el contexto de ebullición familiar se antojaba como el final de sus estudios y el inicio de una precaria carrera laboral. El final de la infancia o por lo menos de esa infancia extendida que es la adolescencia.

Pongámosle rostro y apellido a esta tercia de ansiosos: Los Pelayo... no, eso suena a grupo de rock ochentero español y por el momento nosotros no sabemos en qué año nos ubicamos, pero sí sabemos que estamos en México, en el Distrito Federal o en lo que empieza a mimetizarse con el Distrito Federal. Estamos en lo que todavía puede considerarse un pueblo extraperiférico al sur de la capital del país. Ahí, en este pueblo sin nombre y en un ciclo anual desconocido, vive la familia Arruza.

Javier Arruza. Cuarenta y cuatro años. Tez blanca. Estatura media, complexión robusta, alopecia prematura, excesivo vello corporal, un bigote poblado y nunca rasurado desde que se lo dejó crecer a la edad de dieciséis. Orgulloso sonorense que, cada año, en la cena familiar navideña en casa de su suegra, después del tercer tequila, grita con el pecho inflado: «¡Arriba el norte chingao y, si no me creen, vean el mapa!». Sin antecedentes penales.

María de la Soledad Sancristóbal de Arruza. Cuarenta y un años. Tez blanca. Facciones delicadas por genética materna. Ojos verdes, que lamenta no haber podido heredar a ninguno de sus hijos. Esbelta y de modales refinados. Estudió en un exclusivo colegio francés en México, D. F. y posteriormente estudió letras inglesas, hasta el tercer año de la licenciatura cuando se embarazó y abortó su carrera universitaria. Sin antecedentes penales.

Rodrigo Arruza. Diecisiete años. Tez blanca. Flaco, estatura media, cabellera ondulada y larga que le llega a los hombros. Díscolo. Se hacía llamar Rockdrigo hasta que decidió dedicarse al grunge, que para él no es rock. Virtuoso con todos los instrumentos, muy limitado en voz: desafina hasta cantando las mañanitas o el himno nacional. Causa penal en curso: allanamiento de morada.

El mosaico está casi completo, sólo falta el motor de esta historia. Carlitos, a diferencia de sus familiares, no sufría de ansiedad. Él era la ansiedad. Le solían decir que era una persona muy feliz porque siempre sonreía, pero él pensaba que no es lo mismo la sonrisa que la carcajada. No es que siempre estuviera feliz, había días muy tristes en los que lo único que tenía era una sonrisa. Carlitos sabía estar triste sin parecerlo.

Para seguir transitando esta historia, yo recomiendo recordar bien a estos personajes, el entorno más próximo de Carlos Arruza Sancristóbal, porque a veces da la impresión de que el conjunto de personas más cercanas a nuestras vidas, eso que llamamos «familia nuclear», puede tener el poder destructivo de una bomba nuclear. Mejor sigamos.

Esta historia narra precisamente el suceso que dejó a Carlitos sin su tradicional sonrisa. Ocurrió, decía, en un pueblo sin nombre a las afueras del Distrito Federal, en un año del que puedo recordar muchas cosas excepto sus dígitos. ¿Qué año era aquél? Fue el año en el que la novelita que leyó Carlos lo hizo reflexionar por primera vez sobre el fin de la infancia. Reflexiones que, como todo lo importante que le sucedía en la vida, compartió con su mejor amiga, Lucía, quien vivía en la casa de enfrente, en el mismo condominio amurallado en donde los Arruza habitaban la casa número 4.

Eran las vacaciones de diciembre. Se encontraban en ese limbo extraño entre la navidad y el Año Nuevo, esos días en los que parece que el tiempo avanza a otro ritmo, en los que da la impresión de que no sucede nada.

Lucía y Carlitos se habían escondido de un sol invernal, frío pero quemante, sentados debajo de un pino plantado en el terreno de la casa 9 (la última de la privada en la que vivían), que por su altura y circunferencia ofrecía sombra en el pequeño jardín comunal contiguo. A esa zona la llamaban área común. Ahí, en el área común, en la esquina de aquel jardín de treinta y seis metros cuadrados, se encontraba un pequeño cuarto de dos metros cuadrados con un baño mal instalado que todos llamaban caseta. En la caseta vivía Efrén, el portero y conserje (y lava coches y jardinero y plomero y pintor y niñero) del condominio.

Efrén trabajaba desde las siete de la mañana, de lunes a sábados, haciendo toda clase de arreglos y mantenimientos en el condominio. Pasadas las seis de la tarde, se instalaba en la caseta para vigilar la entrada y salida de los vecinos. Su trabajo, a esa hora del día, se limitaba a abrir y cerrar manualmente el arcaico portón que aún no contaba con un sistema de apertura eléctrico. Eso sí, siempre hacía su trabajo con una sonrisa en la cara. Sonrisa que, por cierto, a diferencia de lo que le ocurría a Carlitos, rara vez le devolvían. La puerta de su caseta de vigilancia tenía un cristal polarizado que desde fuera impedía ver el interior, por lo que Efrén gozaba de un mínimo de privacidad que le ofrecía un respiro en su asfixiante rutina diaria. Normalmente se distraía con un televisor de un tamaño proporcional al cuartito en el que vivía. Encerrado, en esa diminuta pantalla veía películas en blanco y negro.

Efrén Torres. Veintiocho años. Tez morena. Estatura media y cierto sobrepeso. Casado, padre de dos hijos. Guadalupano. Atento, afable y sonriente. Originario de un pueblo del Estado de México a seis horas de distancia en transporte público.

Su anhelo más grande en la vida es conocer Florencia, desde que de niño vio en la televisión un documental sobre la ciudad toscana. Antecedentes de conflictos con la ley y una estancia de meses en la correccional para menores de Texcoco.

En este momento de la historia, Efrén está gozando de unas merecidas vacaciones que le otorgó la asamblea condominal en decisión dividida de cinco votos a favor y cuatro en contra. Así que podemos dejarlo en paz, por ahora.

Sentados en aquella sombra de una de las esquinas del área común, Lucía, sin titubeos, en plena luz del día y bajo el riesgo de ser vista por cualquier vecino, sacó una cajetilla de cigarros Camel, se llevó uno a la boca y lo encendió con un Zippo metálico que tenía grabada la lengua de los Rolling Stones. No le ofreció a Carlos, pues sabía que en ese escenario nunca aceptaría. Carlitos, con angustia derivada del acto ajeno, no dejaba de vigilar de un lado a otro.

—¿Te puedes tranquilizar? —ordenó Lucía, disfrazando su orden en una pregunta.

—No hay persona más chismosa en todo el condominio que Jorge, y a ti se te ocurre fumar justo frente a su pinche ventana. —Se defendió Carlitos.

Jorge Cano. 55 años. Tez blanca. Delgado y alto. Buen cristiano, siempre pulcro, siempre atento al llamado dominical del Señor. Es empleado de la banca privada desde hace tres décadas y desde hace veinticinco años sueña con el momento de su jubilación. Vive con su esposa Conchita y sus tres hijas. Es aficionado a las telenovelas, pero le enfurece reconocerlo. Sin antecedentes penales.

—Mejor aún. Ya no somos unos niños, que Jorge y todos los chismosos de este pueblo lo sepan.

—Ah, ¿sí? ¿Cuándo dejamos de serlo? Según tú, ¿cuándo se nos terminó la infancia? —Carlitos cuestionó con un aire retador.

—Supongo que cuando te lo preguntas. Ahí termina la infancia, Carlos.

Carlitos se quedó orbitando en la respuesta, con la mirada perdida en el infinito, en ese inexplicable lugar donde se estacionan los ojos ante las reflexiones profundas, pero Lucía confundió ese viaje reflexivo con una mirada lasciva y se abotonó la camisa que dejaba ver un minúsculo escote. Después chasqueó los dedos y Carlos salió del letargo.

—Pero para poder bailar por propia cuenta, es necesario que seamos dueños de nuestros propios pasos de baile —Carlitos parafraseó una canción de Café Tacuba, sin confesar la referencia—. Es decir, si queremos ser libres, tenemos que ser dueños de nuestras libertades y si queremos ser dueños de nuestras libertades, tenemos que ser dueños de nuestras responsabilidades. Creo que ahí empieza la vida adulta, pero no estoy seguro de que en ese acto se termine la infancia.

Se quedaron callados unos segundos, ensimismados en la reflexión de Carlos, que en ese momento perdió nuevamente la vista en el horizonte, como si sufriera una sobredosis de filosofía, hasta que Lucía hizo un movimiento ágil y contundente con el que soltó el cigarrillo Camel y le envolvió el cuello con las manos, poniendo sus caras frente a frente. Si no hubieran estado sentados hubiera parecido que Lucía, con esa posición de brazos extendidos, se colgaba de Carlos, lo que resultaba imposible, pues ella era algunos centímetros más alta que él.

Carlos vio las facciones desproporcionadas de Lucía con una proximidad que no conocía; vio sus ojos color agua puerca flanqueados por unas cejas que ya habían sufrido su primera depilación; vio la nariz que había crecido más rápido que el resto de elementos de esa cara; vio el exceso de pecas que conformaban constelaciones galácticas en conjunto con algunos granos; vio el diente frontal derecho con una inclinación que los dos años de *brackets* no habían corregido y vio, también, cuando Lucía acercó sus labios hasta rozar los suyos, cómo se acercaba el principio del final de su infancia.

La infancia, como todas las etapas de la vida, termina con un beso. Éste fue un beso largo y corto, más largo que cualquier terremoto, más corto que lo que tardaría en escribir el año en el que sucedió. ¿Qué año era aquél?

La maga

Mientras sus lenguas danzaban, Carlos no dejaba de pensar en la llegada de una inminente erección. Convencido de que no podía permitir la bochornosa estimulación de su pene, renunció al disfrute del momento e intentó concentrarse en las cosas más disímiles. Pensó en su maestra de cuarto de primaria, Elena, en concreto en la verruga peluda que tenía en el pómulo derecho. Pensó en la fórmula del binomio cuadrado perfecto y resolvió un par de ejemplos mentales. Finalmente, de manera inexplicable y diáfana, pensó en Lucía de niña, el día que la conoció. El día que él y su familia llegaron a vivir al condominio de nueve casas y un área común, donde se encontraban sentados. El recuerdo tenía más sonidos que colores.

La mudanza marchaba al ritmo de las órdenes del silbato. Media docena de jóvenes de discreta musculatura, pero con una capacidad de carga impresionante, bajaba todo tipo de muebles de un camión que parecía no tener fondo. Galgos con la fuerza de percherones.

«¿No puedes con eso? Deja que lo haga un hombre de verdad», se retaban constantemente entre sí con esa frase que parecía el eslogan de la empresa.

Las hormigas trabajadoras, desde luego, tenían una hormiga reina que no se esforzaba en las funciones de carga, le llamaban patrón y éste, a su vez, le llamaba patrona a Marisol Arruza. Los trabajos habían empezado a primera hora de la mañana y, para ese momento, después de cinco horas de sudor, ya se encontraban en la recta final, descargando todo en el nuevo hogar de los Arruza; la casa 4, una casa moderna, de dos plantas, con estancias amplias y bien iluminadas, baños con terminados elegantes, un jardín frontal con espacio para tres automóviles y un jardín trasero con espacio para un asador de buen tamaño y una mesa de exterior. Ubicada, eso sí, hasta la chingada, razón por la cual el patrón le había cobrado a la patrona una cuota extra. «Es la tarifa que manejamos fuera de la ciudad, patrona», había dicho el líder de los mudanceros después de buscar el domicilio en una Guía Roji a punto de desencuadernarse por tanto uso.

Pasaba del medio día y aquella tripulación de hombres de carga no había probado bocado, por lo que el patrón hizo sonar su silbato anunciando un receso de diez minutos para degustar unas tortas de tamal que sacó de una bolsa negra de la guantera del camión y puso al alcance de todos los muchachos.

—¿No conviene que mejor terminemos antes?, así luego los jóvenes pueden comer con toda tranquilidad

—preguntó la señora Arruza, haciendo aritméticas mentales para calcular cuánto dinero descontaría por el descanso.

—Sin gasolina no me rinden, jefa. Se lo dice la voz de la experiencia.

El silbato del patrón normalmente servía para reprender a los subalternos cuando éstos bajaban el ritmo de trabajo. En una de las alertas sonoras, después de concluido el almuerzo, el Benjamín de la cuadrilla, un muchacho notoriamente menor de edad, al ser amonestado por su jefe decidió echarse al lomo un lavavajillas que le cubría toda la espalda. Cual Pípila en busca de una hazaña que imaginó sería recordada y aplaudida en los registros históricos de Mudanzas Sotomayor, emprendió el viaje sin contratiempos. Con pasos firmes y la confianza depositada en el uso de un cinturón de carga que le quedaba flojo y bailaba en su espalda baja, logró abrirse camino entre sus colegas y avanzar hasta la cocina de la casa recién construida. No hubiera habido ningún percance si Antonieta no hubiera estado en la cocina. Nuestro héroe entró al destino con gallardía pero, cuando se disponía a bajar el electrodoméstico, se distrajo con la silueta voluptuosa de la sirvienta, que vestía el tradicional uniforme de servicio de otra época y otro código postal de mayor plusvalía: tela de baja calidad, mezcla de poliéster con algodón, color azul celeste, corte completo con mangas cortas, falda a las rodillas con bolsas en ambos lados a la altura de la cadera, cuello blanco y holanes del mismo color. Antonieta había hecho un ajuste al traje reduciendo varios centímetros el largo de la falda, lo que permitía el asomo de sus muslos morenos y tersos.

Antonieta García. Treinta y dos años. Tez negra. Cabello rizado, rostro ovalado con facciones toscas, figura esbelta y estatura superior al promedio. Irreverente y de buen sentido del humor. Proveniente de la Costa Chica de Guerrero, disfruta del buen mezcal y posee un don único en la cocina. Su sazón, a decir de su patrona, merecería tres estrellas Michelin. Sin antecedentes penales.

Las piernas descubiertas de la muchacha no dejaban duda de una fortaleza anatómica que cualquiera de los cargadores hubiera deseado y que lograron atraer la atención absoluta del joven portador del lavavajillas, quien trastabilló cuando intentó subir la mirada sobre el cuerpo de la morena desde aquellos muslos hasta la altura del saludo a la bandera. El estruendo no fue menor cuando el aparato aterrizó en el suelo sin escalas desde la espalda del joven, todos escucharon el sonido del quiebre de una de las placas del piso de un material que aparentaba ser mármol. Fue aún más estruendoso el grito de la patrona, que pocos segundos después de la catástrofe se apersonó en la escena para llorar la muerte de su electrodoméstico preciado y exigir la reparación económica de los daños, así como implementar una garantía de no repetición al asumir el control inmediato del silbato, que el patrón entregó sin ningún reparo.

—Esta mudanza está saliendo más cara que un hijo idiota. —Escuchó el licenciado Arruza cuando descolgó el teléfono de su oficina—. ¿En cuánto tiempo llegas, Javier? No puedo sola con todo.

—Se complicó la situación con el sindicato de maestros. No me podré zafar rápido, pero te mandaré a Ordóñez para que te apoye.

—«Te mandadé a Odóñez pada que te apoye» —arremedó la mujer con tono de lo que ella consideraba un idiota y, después de un respiro profundo, normalizando la voz, continuó—. Ordóñez y nada es lo mismo. Mejor apúrate y acuérdate que antes que el señor regente de la ciudad está tu familia. Además, es sábado.

En medio del caótico ambiente nadie notó que una pequeña niña, ajena a la familia Arruza y a los integrantes de Mudanzas Sotomayor, ingresó a la casa, subió las escaleras y con aplomo irrumpió en la que sería la habitación de Carlitos para abrir las cajas de juguetes que los mudanceros habían apilado ahí. Con desparpajo sacó Caballeros del Zodiaco, autos Tamiya, dinosaurios, luchadores mexicanos y Transformers que iba diseminando por todo el cuarto. Mientras la niña de seis años hacía el tiradero de juguetes, el propietario entró temeroso y sin decir palabra se sentó junto a ella.

—¿Tú vivirás aquí, no? —preguntó la niña—. Yo vivo en la casa de enfrente, en la casa 8.

Carlos contestó con un volumen mínimo que hizo inaudible su respuesta.

—¿Cómo te llamas? ¿Cuántos años tienes? ¿En qué escuela vas? ¿Tienes hermanos? —continuó preguntando la niña, hasta que la falta de aire la detuvo.

Con un poco de mayor seguridad, pero siguiendo con el volumen bajo, Carlitos le dijo su nombre completo, su edad, el nombre completo de su hermano y explicó que habían estudiado en el Instituto Simón Bolívar hasta entonces, pero que el próximo curso escolar asistirían al Colegio Madrid, contra la voluntad de su mamá, pues su papá había seguido el consejo de algún amigo para cambiarlos de escuela. En realidad, su padre no había seguido ningún consejo, había conseguido un par de becas, a través de sus relaciones políticas, para sus hijos. Descuentos nada despreciables en épocas de vacas flacas y devaluaciones gordas.

—Mucho gusto, Carlos Arruza Sancristóbal —dijo la pequeña con alegría por mencionar el nombre con apellidos—, yo también tengo seis años, bueno ya voy a cumplir siete, y también estudio en el Colegio Madrid.

De la caja de donde la niña sacaba los juguetes, brotó un empaque que ilustraba la figura de un niño rubio y chimuelo, vestido de *smoking*, con un sombrero de copa en una mano y sosteniendo una varita mágica con la otra mano. Magic Kit era el título del set de quince diferentes trucos para niños mayores de ocho años, de acuerdo con una instrucción escrita en la caja.

—¿Te gusta hacer magia? —preguntó abriendo los ojos y la boca con exageración.

—No. En realidad son... —tartamudeó Carlitos mientras veía cómo los ojos encendidos de su acompañante se iban apagando— en realidad son de mi hermano. Pero a mí me gusta ayudarle. ¡Me gusta mucho la magia!

—A mí me encanta. De grande quiero ser maga.

—Como Morgana. —Se apuró a decir el niño, presumiendo sus conocimientos de magia, que más bien eran conocimientos de la literatura artúrica con la que se había familiarizado recientemente.

—No. Como David Copperfield, algún día yo también voy a desaparecer la Estatua de la Libertad.

—Y tú, ¿tienes hermanos? —preguntó Carlos moviendo la conversación a un terreno más seguro para él.

—No. No tengo hermanos, sólo vivo con mi mamá.

—¿Cómo te llamas?

Lucía iba a responder cuando su nombre se empezó a escuchar en repeticiones constantes por los gritos de Luciana, su madre, que la buscaba desde la zona de descarga de muebles.

Luciana Ochoa. Treinta y nueve años. Tez clara. Físicamente muy atractiva, pero descuidado arreglo personal. Inteligente, reflexiva, no muy cariñosa y depresiva. Le gusta bailar y odia los domingos. Sin antecedentes penales.

—Me tengo que ir. Adiós —dijo la pequeña y le dio un beso en la mejilla al niño (el primer beso que recibía, o que por lo menos recordaba, de una persona de su edad) antes de levantarse corriendo para ir a tranquilizar el griterío de su madre que se mezclaba con los silbatazos de la madre de Carlitos.

—Me gusta el color de tus ojos —dijo Carlos, en voz alta, cuando Lucía estaba ya de pie a punto de salir de la habitación.

—Gracias. Lo mejor es que cambian de color.

—¡Oh! Son como un charco de agua puerca cuando lo pisas.

—No —extendió el monosílabo lo más que pudo—. Es magia.

Cuando Carlitos se quedó solo en la habitación, empezó la recolecta de sus juguetes mientras imaginaba, también por primera vez, que Lucía lo besaba, esta vez no en el cachete, sino en los labios, como en las películas y como en la vida adulta. Con un velociraptor en las manos, cerró los ojos, abrió la boca y empezó a sentir la lengua de Lucía bailando con la suya. Entregado por completo al intercambio de salivas, empezó a sentir cómo la flacidez de su pene se endurecía con el flujo de su sangre caliente. El calor corporal le recorrió el cuerpo entero y se instaló en sus cachetes que rápidamente enrojecieron. En medio de ese horno interior, en el que se había convertido su cuerpo, Carlitos empezó a sufrir un ardor en el dorso de la mano derecha que superaba por mucho la temperatura de sus mejillas.

Sacudió la mano como si estuviera sosteniendo una maraca, pero la incomodidad por una punzada caliente no cesó. El dolor lo obligó a abrir los ojos y separar su boca de la de su amiga. El origen de la quemadura era el cigarro marca Camel, aún prendido, que Lucía había dejado caer de su mano, momentos antes, sin importar las consecuencias de un beso.

Teoría de la estupidez

No existe un solo bien que haya logrado distribuirse equitativamente en el mundo; la justicia social únicamente tiene un ejemplo perfectamente democrático y no es un bien, es un mal: la estupidez. Sólo la estupidez está en todos los continentes por igual, sin importar raza, género o nacionalidad.

La tesis, que alumbraba el ánimo del abuelo Jaime Sancristóbal cuando tenía posibilidad de decirla —lo que sucedía con más frecuencia de lo que se puede imaginar—, no era suya. En realidad, era una interpretación libre de los postulados de Carlo Cipolla, un economista italiano que había sido su colega por algunos años durante su estancia de estudios doctorales en la Universidad de Turín. Fue en la ciudad del norte de Italia donde Jaime afianzó su compromiso público con la social democracia, al tiempo que pactó su compromiso privado con una hermosa joven de la aristocracia ítalo-suiza, Carmina Barberini. Fruto de esos compromisos nacieron sus hijos: María de la

Soledad, a quien todos llamaban Marisol, y Rafael. Las obsesiones palaciegas de Carmina y Marisol las obligaban a viajar una vez al año al viejo continente para visitar a la familia. Incluso más rojo que el padre, el primogénito Rafael había crecido sin el apego al abolengo familiar que tenían las mujeres de la casa. Por el contrario, en la juventud universitaria se había desmarcado de su origen centroeuropeo-burgués y se había reinventado marxista-latinoamericano, como el más ordinario estudiante de la Facultad de Ciencias Políticas y Sociales de la UNAM.

Jaime Sancristóbal. Setenta años. Tez morena. Figura quijotesca, flaco y anguloso. De voz seca. Profesor universitario jubilado. Disfruta de las novelas de Philip Roth, ver los partidos de los Pumas de la UNAM y las películas del neorrealismo italiano. También es crítico del gobierno neoliberal del que su yerno es un *lacayo*. Sin antecedentes penales.

Carmina Barberini. Setenta y un años. Tez blanca. Ojos verdes y cabellera plateada. Garbo y elegancia son las dos palabras con las que le gusta definirse. Cariñosa con sus nietos, siempre tiene un chocolate suizo o una buena lectura para ofrecerles. Padece los inicios de una enfermedad con derivaciones de demencia. Sin antecedentes penales.

Rafael Sancristóbal. Cuarenta y tres años. Tez blanca. Se desconoce su estado físico actual. Soltero. En el altar familiar de día de muertos, solía infiltrar una fotografía de Antonio Gramsci. Condenado por el delito de sedición. La ineficiencia gubernamental ha postergado su detención.

Del tío Rafa, desaparecido del entorno familiar desde hacía algunos años, se decía que andaba de guerrillero en la sierra chiapaneca. Se sabía poco de él y no había visitado a sus padres desde que estos, tras su divorcio tres años atrás, habían escindido sus viviendas. La madre había conservado la vieja casona de la calle Cráter en el Pedregal, donde habían vivido durante todo su matrimonio. El padre se había trasladado a la casa 6 de la privada en donde vivía su hija Marisol. Traslado forzado por la ruptura matrimonial, pero sobre todo por la devaluación del peso que no dejaba margen para vivir en una colonia más céntrica. Las finanzas de la abuela de Carlitos, siempre autónomas, gozaban de salud, incluso más que la propia abuela. Doña Carmina tenía especulando la mayor parte de su herencia en estables inversiones bursátiles de las bolsas europeas. Fortuna que crecía, mes con mes, asentada en estados de cuenta bancarios a los que Marisol y Javier, por más que lo intentaban, no tenían acceso.

La plática era casi la misma en todas las comidas de los domingos en la casa del Pedregal:

—Ay, no, no, no, mamá. Ya córtale a la llave, ya no tiene veinte años. Es un bueno para nada.

—Cuando tus hijos crezcan me entenderás mejor, *figlia*. ¿Para qué estoy yo si no es para apoyarlos? —contestó doña Carmina, con cierta mordacidad, pues a ambos hijos les depositaba una mesada por igual.

—Pues sí, pero una cosa es recibir un cierto apoyo y otra es el abuso. Acéptalo, Rafael es un vago —refutó Marisol, buscando la mirada aprobatoria de su esposo, que no ponía ni una pizca de atención en la conversación, pues se encontraba con absoluta concentración preparando un *Campari Spritz*, sin cargo a su tarjeta de crédito, en la barra de su suegra.

Pero regresemos a la estupidez, no sólo a la reflexión teórica de ella, sino a una aproximación aplicada. Vayamos a la faceta práctica del comentario recurrente del abuelo Jaime, que Carlitos tiene memorizado mejor que cualquier mantra bíblico de sus clases de catecismo. Aunque quizá no es preciso el concepto de mantra, pues éste tiene raíces hinduistas, ampliadas por el budismo, y no católicas. Perdón, me estoy desviando innecesariamente del curso que debe seguir esta historia, hasta aquí las distracciones religiosas.

La estupidez, pues, a decir de Cipolla siempre está infravalorada. Siempre podemos ser más estúpidos de lo que pensamos. Carlitos se sentía uno de ellos, un completo estúpido, un miembro irrenunciable del club de los más pendejos. Cómo había sido tan torpe e imbécil con Lucía. Para qué apartarla abruptamente después de la quemada con el cigarro. Para qué carajos. Con más ardor en la voz que en la mano herida, dijo lo que dijo:

—Te apesta el aliento. Guácala.

Lucía, con rapidez mental y dolor en el ego, había contestado:

—No te preocupes, no volverás a sentir así de cerca este insoportable aliento. A ver si no te arrepientes, Cigarrito Arruza Sancristóbal.

Cigarrito era el apodo con el que molestaban a Carlos en la escuela. Lucía nunca lo había llamado así. La burla venía de tiempos lejanos, cuando en el último año de prescolar, el primer año de Carlitos en el Colegio Madrid, se había presentado al festival del día de las madres disfrazado de cigarro. Iba envuelto en una cartulina que le tapaba toda la cabeza, el dorso y buena parte de las piernas, lo que lo obligaba a caminar como si tuviera los pies atados. Su madre había olvidado el festival de disfraces y, de manera pronta y audaz, confeccionó un traje a pocos metros de la entrada de la escuela. Marisol, sin soltar la mano de Carlitos, caminó a una papelería cercana que despachaba frente a la escuela y compró lo necesario para el vestuario de su hijo. Abrazó al niño con un pliego de papel, cerró el cilindro con cinta adhesiva, hizo dos agujeros a la altura de los ojos, sin preocuparse por un conducto específico para la respiración y, no conforme con su obra, procedió al toque fino de artista meticulosa: con un encendedor prendió fuego controlado al borde superior de la cartulina. Con soplidos iba moldeando el trazo de la llama para lograr el acabado de cigarrillo encendido. A pesar de que la madre se sentía orgullosa con el resultado de su trabajo como diseñadora, el disfraz resultó ser un fracaso entre la comunidad estudiantil. Una fuente inagotable de burlas hacia Carlitos que se prolongaron por años y años.

Cuando Lucía decidió utilizar el famoso apodo después de que Carlitos la ofendiera para justificar el beso fallido, él se quedó callado y reminiscente, con una sonrisa congelada en la cara. Con la misma sonrisa incómoda que años atrás escondió detrás de un fallido disfraz de cigarrito.

Otra década

A Carlitos le hubiera gustado nacer en la década de los setenta, como a Lucía, como a su hermano Rodrigo y como a todos los demás amigos y compañeros de la escuela. Él se sentía un hombre de otra época, con gustos propios de los nacidos en el decenio de Led Zeppelin y Pink Floyd. Carlitos se sabía un digno representante de la generación X, pero el destino le había jugado chueco, lo había colocado en un año bisagra para nacer, en mil novecientos ochenta, en una nueva década. Se sentía condenado a pertenecer a un grupo poblacional del que no era parte. Siempre quiso ser un par de meses más grande y poder decir: «nacido en los setenta».

Los conflictos existenciales de Carlitos se acentuaron por una decisión paternal. Cuando la situación económica orilló a la familia a cambiar de código postal y a hacer algunos recortes en sus gastos, entre otras cosas se decidió el cambio de escuela de los niños. Carlos, que desde muy pequeño había mostrado facilidad para la lectoescritura y las matemáticas básicas, inició su nueva vida escolar en un curso de niños más grandes que él.

—Efectivamente la prueba diagnóstica resultó de excelencia, Carlos demuestra tener todos los conocimientos del curso que iniciarán las personas de su edad —comunicó la directora del preescolar, viendo a Marisol y Javier Arruza por encima de unas gafas de medialuna y profundo aumento—. Sin embargo, se recomienda que no se adelanten cursos y que el desarrollo psicosocial de los niños, adentro del aula, se desenvuelva prioritariamente con compañeros de su edad.

—Señora directora, puede usted estar segura de que no habrá ninguna afectación en el rendimiento escolar de Carlos. Es un niño muy maduro al que le gusta asumir retos con entereza —comenzó a decir Javier con un tono de discurso político al que su esposa ya estaba acostumbrada, pero que a la directora le generó desconfianza—. Así que le comunico fehacientemente nuestro interés para que lo matricule en preprimaria, aunque sea el más joven del grupo.

Con perplejidad originada por el uso de la palabra *fehacientemente* en el contexto de una entrevista escolar de preescolar, la directora se llevó el dedo índice a la punta de la nariz y deslizó sus lentes hasta que estos dejaron ver unos ojos exageradamente amplificados por los cristales. Parecía que las palabras de Javier habían hipnotizado a la señora directora, quien con voz firme y alejada de cualquier clase de hipnosis dijo:

—Lo que les puedo ofrecer, y me parece la medida más prudente e idónea, es que Carlos esté un bimestre a prueba en el grupo de preprimaria. Nosotros vigilaremos de cerca su proceso y en un par de meses podemos reunirnos para tomar decisiones con la evidencia de lo observado.

Todos se despidieron conformes con la decisión. Sin embargo, la segunda reunión, aquélla en la que se revisaría el desarrollo de Carlitos en un ambiente de niños mayores que él, nunca se concretó. El padre de Carlitos la canceló dos veces por compromisos laborales y la madre, intolerante ante la actitud de su marido, que siempre priorizaba el trabajo sobre los asuntos familiares, resolvió tomar la decisión vía telefónica en una llamada de pocos minutos con la directora. Así, Carlitos inició su adelantada vida escolar, que tuvo como consecuencia directa ser el único de su generación nacido en la década de los ochenta y, también, ser durante toda la primaria el primero en la fila del acomodo grupal, estrictamente ordenada por estaturas. Joven y chaparro: dos grilletes con los que Carlos cargaba atormentando sus días.

Todos tenemos algún trauma infantil, algunos los conocemos, otros los ocultamos. Pero parece que en este momento de nuestra historia las fobias pueriles de Carlitos son lo de menos. Comparado con el creciente ardor en la panza que empieza a sentir por su distanciamiento con Lucía, sus traumas de estatura y edad son problemas, literalmente, de niños. Han pasado algunos días desde que ella no lo busca y se comporta indiferente a sus llamados. A Carlos no le angustiaría tanto este escenario si no fuera porque estamos en una fecha importante, en las vísperas del cumpleaños de Lucía, en la mañana del 31 de diciembre de un año que sigo sin poder recordar.

Para Lucía era muy importante su cumpleaños. Poco le interesaba la imposibilidad de festejar en grande por ser una fecha tan complicada como es el último día del año. Para ella el valor de su cumpleaños radicaba en escribir una reflexión íntima, exactamente a la hora de su nacimiento que, según le había confirmado su madre, era a las quince horas y cincuenta minutos. Con ese ritual daba inicio, cada año, a un diario de apuntes y reflexiones a los que sólo ella tenía acceso. Después de la escritura iniciática del nuevo cuaderno, Lucía buscaba a Carlos para que la ayudara a construir una pequeña hoguera en el traspatio de su casa, número 8, donde la cumpleañera depositaba el viejo cuaderno sobre las llamas, agradecía en murmullos inaudibles con un rezo pagano y se sentaban durante un par de horas a conversar y ver cómo un año entero de incógnitas y certezas se convertían en cenizas a fuego lento.

Carlitos no sabía de dónde venía esa tradición que para Lucía resultaba vital. Alguna vez se lo había preguntado y ella había optado por esconder el misterio en una broma que ellos compartían y que el mundo entero desconocía: «Me lo enseñó mi padre». El papá de Lucía no estaba presente en su vida cotidiana. Era una figura pendular que llegaba esporádicamente para irse con sigilo y premura, sin avisar cuándo sería su próxima aparición. Lucía había aprendido pocas cosas de su padre o, mejor dicho, su padre había tenido poco interés en enseñarle cosas; pero aquello, por acción u omisión, le había dejado muchas enseñanzas. Con buen humor, Lucía solía esquivar cualquier cuestionamiento incómodo con la respuesta «Me lo enseñó mi padre», lo que a Carlitos le parecía un sarcasmo digno de respetar y aplaudir con risas. Cuando alguien preguntaba quién era su padre, Lucía inventaba una historia diferente cada vez, con una erudición y una capacidad imaginativa que Carlitos admiraba profundamente y celebraba con carcajadas interiores para no revelar los relatos falsos de su amiga.

Everardo Echavarría. Cincuenta y nueve años. Tez blanca. Estatura media-baja, complexión robusta, lampiño y miope. Siempre usa lentes polarizados, que bajo el sol se vuelven obscuros y en la sombra esclarecen, como su amplia trayectoria política. Fue gobernador de Veracruz, su estado natal, dos veces diputado federal, senador de la República, secretario de Gobernación y en la actualidad dirigente nacional del Partido Revolucionario Institucional. Tiene tres hijos con su esposa, tres hijos reconocidos fuera del matrimonio y, se especula, una decena adicional que no llevan su apellido. La historia y el arte son sus grandes pasiones, quizá sólo superadas por el análisis del poder. Sin antecedentes penales, pero decenas de crímenes cometidos.

Pasaban de las cuatro de la tarde y Carlitos esperaba sentado, recargado en el tronco de un naranjo sembrado en el jardín frontal de su casa, con la mirada puesta en la entrada de la casa de Lucía. La puerta permanecía tan inmóvil como su atención, hasta que un fruto maduro cayó a unos cuantos centímetros de él. Tomó la naranja entre sus manos y le encontró forma de corazón invertido, lo que para una persona reacia a la cursilería podría parecer una casualidad intrascendente, para Carlitos era un presagio. La aventó con fuerza simulando una curva del *Toro* Valenzuela hacia el jardín de la casa contigua. Recobró la postura de acomodo sobre el tronco del árbol y empezó a divagar con una idea que le pareció novedosa: «El Año Nuevo de los árboles». Los árboles, en tanto que son seres vivos, también tienen ciclos temporales con principio y final; también, como él, podían sufrir una víspera de Año Nuevo, pensó Carlitos. Su reflexión había acaparado por completo su atención cuando Luciana abrió la puerta de su casa para recibir al doctor Echavarría que se acercaba a pie, sosteniendo un ramo de flores, desde la entrada del condominio.

El doctor saludó a Carlos con un gesto amable y a la distancia, mientras que a Luciana le propinó un beso posesivo y poco correspondido. Con un portazo cerró el hogar y Carlitos no tuvo más opción que bajar la mirada y observar que en su reloj las manecillas marcaban las cuatro y media. Con la misma curiosidad que mata a los gatos, Carlos decidió ponerse de pie, cruzar los cinco metros que lo separaban de la casa 8 y esconderse detrás de unos arbustos ubicados en un pasillo que conectaba el jardín trasero con el jardín frontal del hogar, para poder espiar el paradero de Lucía y, de pasada, la extraña visita del doctor Echavarría.

Instalado en su labor de vigilancia, tuvo algunos problemas para encontrar una posición cómoda que le diera acceso auditivo a lo que sucedía al interior de la casa. Cuando la conversación ajena se empezó a dilucidar, pudo escuchar la entrega del ramo de flores como regalo de cumpleaños para Lucía, quien agradeció con voz dulcificada, y lo que pareció un abrazo. También pudo escuchar la explicación que Echavarría le dio a Luciana para informarle que ya estaba todo listo para su incorporación al cuerpo docente del Instituto de Investigaciones Estéticas de la UNAM, donde le pedirían desarrollar una investigación sobre la teoría psicológica del azul en la rueda de color de Goethe. Para Carlos la plática había cambiado de idioma, los conceptos artísticos de los que hablaban eran incomprensibles para él, como escuchar chino o japonés. Lucía tampoco participaba en el diálogo hasta que dijo «Yo abro», cuando sonó el timbre. Una voz conocida se incorporó a la escena que Carlitos fisgoneaba. Era su padre que, con excesiva zalamería, saludó al doctor Echavarría y con un gesto cariñoso felicitó a Lucía. El doctor le dio la bienvenida y pidió unos minutos de privacidad a las mujeres, por lo que los dos intrusos se quedaron platicando en la sala y los pasos duplicados de Lucía y Luciana se escucharon subiendo las escaleras con rumbo a sus respectivos cuartos.

Echavarría caminó a la cocina y regresó sosteniendo dos caballitos de tequila. Entregó uno a su interlocutor.

—Javier, gracias por venir. ¿Cómo va la campaña?

—Verá doctor, no me he incorporado formalmente. El licenciado no me lo ha pedido y estoy esperando su llamada.

—Pues voy a necesitar que te incorpores —tomó un trago profundo que dejó su caballito vacío— y rápido.

—Qué más quisiera yo, doctor. Pero el licenciado...

—No te estoy preguntando. Se vienen muchos cambios, el licenciado te va a necesitar y yo te voy a necesitar con él.

—Espero no pecar de indiscreto, pero ¿qué cambios habrá?

Cuando Echavarría estaba a punto de responder se empezaron a escuchar los ladridos de Chabelo, el perro de la casa de al lado, que había descubierto a Carlitos y quería jugar con él. Una reja separaba al perro indiscreto de Carlos, así que se las ingenió para meter un brazo y hacer caricias para silenciar al animal.

Aquí podría contar lo que Everardo Echavarría le pidió a Javier Arruza, o podría hacer que Carlitos escuchara la encomienda de su padre, pero eso dejaría esta historia ubicada en un año desconocido en un pueblo extraperiférico de México, D. F., sin el misterio necesario para poder continuar.

—Ya llegará el momento de hablar las cosas con más detalle. Por lo pronto necesitamos que te sumes inmediatamente a la campaña. Te pido máxima discreción, Javier. La viabilidad del proyecto depende de nuestra prudencia —continuó el doctor Echavarría poniendo una mano sobre el hombro del padre de Carlitos—. No tengas miedo hombre, todo estará bien. No sabía que en el norte eran tan zacatones.

Javier Arruza no respondió, sólo dio un trago a su tequila y afirmó con la cabeza. Extramuros, Carlitos sobaba la panza de Chabelo y se preguntaba cuál era la importante misión de su padre. En ese momento escuchó la voz de Lucía, que lo observaba y llamaba desde el jardín trasero.

—¿Qué haces ahí?

—Eh... vine a ver si necesitabas ayuda con tu ritual.

Lucía abrió la reja de su casa y lo invitó a pasar. El diario viejo ya era cenizas.

—Veo que ya sabes prender una fogata sola.

—Siempre he sabido. Sólo que me gustaba hacerlo acompañada.

Lucía estaba decidida a no ceder, únicamente estaba dispuesta a cambiar su tono indiferente y rudo si Carlos le pedía perdón. Esa actitud de Lucía activó una especie de miedo en Carlos, que decidió no verbalizar sus pensamientos —entre los que nunca estuvo ofrecer una disculpa— y despedirse mostrando una bandera blanca:

—Nos vemos luego. Feliz cumpleaños, Lucía.

Año calcado

El bacalao o *baccalá*, como lo llamaban ese día, era de concurso. El pavo no, ése más bien estaba seco. La ensalada, un asco. Todos los años era lo mismo. La cena de Año Nuevo era una calca de la del año anterior y ésta de la del año anterior y así regresivamente hasta llegar a tiempos mesopotámicos. La abuela Carmina cocinaba, si es que se entiende por cocinar pegar de gritos en la cocina. En el frente de batalla, a la espera de las instrucciones de la abuela, siempre estaban Crescencia y *Chari* Pérez, dos hermanas oaxaqueñas de trenzas cortas y paciencia larga. Trabajaban en casa de la abuela desde que Carlitos tenía memoria y lo cierto es que no cocinaban mal, pero la cena de Año Nuevo se aderezaba con la presión de perfección que Carmina Barberini le imprimía, lo que solía traer resultados medianos y expectativas rotas. Marisol y Javier aportaban un elemento adicional al batallón gastronómico. Lo único que llevaban a la cena, además de hambre y a sus dos vástagos, era el trabajo de Antonieta que, siempre bien uniformada, se ponía a las órdenes de doña Carmina. La morena, como se referían a ella en esa casa, era la salvadora de la cena, pues se encargaba de arreglar el platillo principal de la noche, que no era el plato fuerte del menú, sino la entrada: el bacalao.

—La morena lo ha hecho de nuevo. Qué delicia —decía Carmina con las mismas palabras cada año después del primer bocado.

En un acto reflejo, también coreografiado de manera idéntica cada año, Javier se asumía dueño del elogio:

—A la orden, señora.

Era verdad, Carlitos realmente disfrutaba ese bacalao, pero una vez que se acababa su porción todo iba en picada. El pavo seco; la plática predecible sobre lo más superficial de la política nacional; una hora de odas y fanfarrias al norte de Italia; la ensalada incomible; los rumores sobre el desconocido paradero del tío Rafael; críticas furibundas de Marisol al tío Rafael; la petición de la abuela para que Rodrigo tocara el piano de cola que decoraba la sala; escuchar dos o tres piezas de alguna ópera de Verdi en los dedos de Rodrigo y, finalmente, ya instalados en los sillones de la sala, el brindis del abuelo Jaime, siempre con referencias comunistas que nadie entendía. Este último punto no había desaparecido del orden del día, a pesar de que desde hacía tres años Jaime no pasaba el Año Nuevo con su familia. Javier había usurpado el papel de orador desde entonces. Justo después del brindis se sintonizaba la radio para escuchar el conteo regresivo de los últimos doce segundos del año, tiempo para devorar doce uvas, una por segundo y pedir doce deseos para el siguiente año. Aquel ritual era un concierto de torpezas y atragantamientos. Nadie conseguía comer las uvas a tiempo y era una escena tan repetitiva que, invariablemente, Carlitos pensaba que incluso los deseos de cada uno de los miembros de su familia debían ser los mismos cada año: sus padres, más dinero; Rodrigo, más tocadas y menos escuela; la abuela, que Italia conquistara México. Pero él, ¿qué deseo repetía? Para Carlos siempre era un problema definir sus anhelos, le resultaba más fácil reflexionar en negativo, saber qué no quería ese año en su vida.

Siete, seis, cinco, cuatro...

Aquí podría hacer un ejercicio de concentración para intentar saber cuáles son los números subsecuentes al grito de «¡Feliz año!», pero la verdad es que por el momento no lo considero necesario. Es mejor que sigamos con la historia, que francamente no es sobre un año, sino sobre una sonrisa perdida.

Tres, dos, uno, feliz Año Nuevo. ¡Feliz...

Normalmente la rutina indicaba que todos se abrazaban, pero aquel año, por fin, algo cambió en la monotonía del evento. El color del rostro de la abuela se empezó a homologar al color de las uvas que Carlos no se había terminado y en pocos segundos ese verdor en el semblante de la anciana demudó en morado.

—¡Se está ahogando, haz algo! —le rogó Marisol a su marido.

La abuela tenía los ojos en blanco y arqueaba su cuerpo en rítmicas contorsiones que solicitaban apoyo. La parálisis grupal la rompió Rodrigo, quien abrazó por la espalda a la abuela para hacer presión en su panza con las manos y ayudar a expulsar la uva atorada en la tráquea. En las películas se ve más fácil de lo que es, pensaba Rodrigo, al no tener éxito con su técnica.

—¡Ayúdalo, idiota! ¡Tú tienes más fuerza! —Nuevamente la petición de Marisol fue dirigida a su esposo.

Javier empujó a su primogénito con un movimiento brusco e imitó la acción que éste realizaba, también con resultados insuficientes. Decidió cambiar la estrategia: giró ciento ochenta grados el cuerpo de Carmina y con suma torpeza metió índice y pulgar en la boca de la mujer hasta llegar a la uva atorada. Cuando logró sujetar el fruto, haciendo una pinza con sus dedos, lo sacó del cuerpo de su suegra con tal salvajismo que quebró los cuatro dientes frontales de la mujer. La abuela que ganaba oxigenación y color por el destape del conducto traqueal se empezó a ahogar nuevamente, esta vez con toda la sangre que brotaba de su dentadura fragmentada. Javier, sin abandonar su barbarie, la cargó como se carga a las princesas en los cuentos de hadas, y la llevó a su bañera. La recostó boca abajo y prendió el chorro de agua caliente. El rastro de la sangre escurrida por todas las escaleras de la casa figuraba un crimen de dimensiones mayores y no un simple deseo bloqueado en la garganta, donde normalmente se esconden los peores y mejores sentimientos del ser humano.

—Ustedes se quedan a dormir aquí. Antonieta, te los encargo —dijo Marisol, mientras Javier escoltaba a su suegra al coche para llevarla al hospital.

—No, mamá, yo voy con ustedes. Yo tengo que llegar a la casa —se quejó Rodrigo.

—¿Tú no escuchas o qué? Dije que se quedan aquí.

—Pero, mamá…

—Pero nada.

Se subieron a su auto, un Spirit verde olivo, que ahora también podía describirse como verde abuela que se atraganta, y se dirigieron hacia el Hospital Humana. Al llegar al centro médico, los padres de Carlitos llamaron por teléfono para informar que la abuela sería operada esa misma madrugada y que ellos se quedarían para acompañarla.

Los hermanos Arruza simularon irse a dormir. En casa de la abuela solían usar la habitación que en otras épocas había ocupado el tío Rafael y que ahora tenía dos camas individuales para hospedarlos a ellos cuando fuera necesario. Rodrigo no lo dudó en ningún momento, en cuanto Antonieta, Crescencia y Chari se encerraron en el cuarto de servicio de la casa, que se encontraba en la azotea y que estaba completamente incomunicado con el resto de las habitaciones, se cambió el pijama y fue en busca de las llaves del coche de la abuela, un Cutlass del año, automático, color marrón, con interiores en piel color miel y un teléfono integrado. Un lujo que la señora Barberini no valoraba, por el contrario, se quejaba de los coches americanos: «Debí comprar un auto europeo. General Motors *và a dà via i ciapp*».

Rodrigo encontró con facilidad el objeto que buscaba, estaba en la recámara de la abuela, encima de su cómoda principal, donde, además de libros, tenía fotos de sus difuntos padres y de sus nietos en la primera infancia. Una de las imágenes en las que aparecía Rodrigo había sido tomada en su cuarto cumpleaños, en una fiesta que había convertido aquella casona del Pedregal en Ciudad Gótica, pues la temática del festejo, a petición del cumpleañero, había sido Batman y Robin. Curiosamente, Rodrigo había elegido ser Robin, por lo que el papel de Batman recayó en su hermano menor. El disfraz de Robin que Rodrigo vestía en la fiesta era evidentemente una confección nacional, que se asemejaba más al trajecito de la Chilindrina del Chavo del 8 que al del superhéroe. Eran tiempos previos al Tratado de Libre Comercio con Estados Unidos y la industria del juguete lo dejaba muy claro.

Bajó las escaleras con sigilo, cruzó la puerta principal y cuando se dirigía a la cochera para subirse al automóvil y emprender la fuga se encontró a Batman custodiando la noche.

—¿A dónde vas? —preguntó Carlitos.

—A la casa, mis amigos ya deben estar allá. Tenemos una fiesta en la casa 1.

La casa 1 llevaba algunos meses deshabitada. Los últimos inquilinos habían sufrido los estragos del último coletazo de la crisis económica y habían tenido que desalojar la propiedad por falta de pago de la hipoteca. El banco preparaba con toda calma una nueva venta a través de un remate judicial y, mientras tanto, Rodrigo y su grupo de amigos —que también conformaban la alineación de su banda de *grunge*— utilizaban el inmueble como refugio para tomar vodka de la peor calidad que había en el mercado.

—Te van a matar mis papás.

—Si tú no les dices, no tienen por qué darse cuenta. Regreso mañana el coche antes de que ellos lleguen.

—Y si algo le pasa al coche, ¿qué vas a hacer?

—¿Qué carajos puede pasar? —preguntó Rodrigo con sarcasmo—. No puedes ser tan maricón en la vida, Carlos. Sólo hay una vida, deja de preocuparte por todo.

Carlitos era tan inseguro que a veces sentía inseguridad de su propia actitud insegura y se atrevía a ser valiente.

—Te acompaño —dijo sin estar seguro de que las palabras hubieran salido de su boca.

—Vámonos, pero ya.

Rodrigo prendió el coche. Carlitos abrió el portón de la casa, revisó si alguien se había despertado y confirmó que no habían sido descubiertos por Antonieta o alguna de las hermanas Pérez. Rodrigo sacó el automóvil en reversa; cuando estuvo en la calle esperando a que su hermano cerrara el portón, saliera por la puerta peatonal y subiera como copiloto, pasó por su cabeza la idea de arrancarse y dejarlo ahí. ¿Qué iba a hacer Carlos en la fiesta con sus amigos? No quería que su hermanito lo viera fumando marihuana, tomando vodka y conociendo la vida que el *grunge* le había enseñado. No, no podía ser tan protervo como para dejarlo abandonado. Su obligación era darle una enseñanza, apoyarlo a vencer sus miedos, pensó. Cuando Carlos abrió la puerta del copiloto encontró a Rodrigo sentado en ese lugar:

—Tú manejas, Batman.

Carlitos con las manos sudando a chorros sujetó el volante. Su padre le había enseñado a manejar desde hacía varios meses, solían ir los domingos a dar vueltas por la Ciudad Universitaria e incluso Carlos manejaba en el trayecto de regreso a su casa.

—Tranquilo, nada va a pasar. Si te relajas, manejas mejor —dijo Rodrigo mientras le daba vueltas a una perilla para bajar la ventana y prender un cigarro.

Subieron por la calle de Cráter hasta el Boulevard de la luz, donde dieron vuelta a la derecha exactamente frente a la Parroquia de la Santa Cruz del Pedregal. Ahí, años antes, ambos hermanos habían hecho su primera comunión.

—Persígnate —bromeó Carlitos.

—Que se persigne el Señor —continuó Rodrigo—, que hoy su hijo Carlos va a pecar.

Ambos rieron y Carlos sintió tranquilidad. Avanzaba confiado cuando vio a lo lejos, justo en el entronque con el periférico, una patrulla estacionada.

—¡Mierda! Nos van a parar.

—No los voltees a ver. Acelera cuando agarremos el periférico —sugirió Rodrigo—, acuérdate que esos cerdos huelen el miedo. Así que tú tranquilo, pero rapidito.

Carlos metió el acelerador y la patrulla no les vio ni el polvo, dieron vuelta en *u* y se encaminaron por los carriles centrales del periférico con dirección hacia el sur. Pasaron el Hospital Humana, donde seguramente la abuela ya estaba en un quirófano recuperando su dentadura. Después cruzaron las recién inauguradas instalaciones de TV Azteca, la empresa que prometía democratizar la televisión mexicana, cooptada hasta entonces por el monopolio de la familia Azcárraga. A la altura de Perisur, Carlitos sintió una necesidad de mayor adrenalina, llevó el velocímetro a ciento diez kilómetros por hora, ciento quince, ciento veinte —se sentía libre, una libertad que en casi catorce años de vida nunca había experimentado—, ciento treinta, ciento treinta y cinco —Rodrigo sin mediar palabra, aventó su cigarro y sujetó la manija que colgaba del techo—, ciento cuarenta kilómetros por hora y se rompió el silencio:

—Bájale, bájale. No seas cabrón.

—«No puedes ser tan maricón en la vida. Sólo hay una vida, deja de preocuparte» —se burló Carlitos de su hermano mayor.

A menor velocidad, tomaron la lateral del periférico y antes de llegar a la avenida México-Xochimilco vieron una construcción donde trabajaban tractores y albañiles en plena madrugada.

—Están construyendo un cine —aseguró Rodrigo.

—¿Cómo sabes?

—El tío de Paco es uno de los ingenieros del proyecto. Me contó que lo estrenarán este mismo año. Ya no tendremos que ir hasta la puta Linterna Mágica.

—Paco es un pinche mentiroso, es un verdadero farsante. ¿Por qué construirían un cine en nuestro pueblo? Piénsalo bien.

—¿Cuál es tu pedo con Paco? ¿Por qué mentiría con algo así? A mí se me hace que le tienes celos porque es un gran baterista y tú no puedes ni tocar la flauta.

Paco Elizondo. Diecisiete años. Tez clara. Inicios de una barba cerrada pero rasurada, nariz afilada, cejas pobladas y unos lentes de pasta sin aumento con los que pretende imitar a Martin Scorsese. Toca la batería en la banda de *grunge* que fundó su amigo Rodrigo: The Lesbians. Vive en la casa 3, con sus padres, en la misma privada en la que vive la familia Arruza. Sin antecedentes penales.

—Paco a mí me da igual, se me hace el baterista y el ser humano más ordinario de la historia —mintió Carlos, pues en verdad sí sentía ciertos celos por el amigo de su hermano—. Sólo digo que de verdad es un mentiroso.

La paradoja de mentir acusando a un mentiroso hizo que Carlos se perdiera en una espiral reflexiva y silenciosa, mientras subían el cerro en el que se había construido el pueblo que alberga esta historia. Cuando llegaron a la cerrada de Abasolo, su calle, Rodrigo le ordenó a su hermano que estacionara el automóvil afuera, para que no dejaran rastros del secuestro del coche y que ningún vecino, en particular el abuelo, alertara a sus padres. Bajaron en silencio y a Carlos le sorprendió el hermetismo del ruido de la fiesta, pues en el exterior no se escuchaba nada, mientras que en el interior de la casa 1 había una docena de jóvenes drogados y emborrachándose con música de Pearl Jam reproducida de un casete en una grabadora portátil. Los jóvenes que estaban en la planta baja celebraron con euforia la llegada de su líder, Rodrigo, y la inesperada llegada del hermano menor de su líder. Les aproximaron rápidamente dos *shots* dobles de vodka y les dieron un porro de marihuana a cada uno. Carlitos bebió el trago de alcohol, pero se negó a recibir el cigarro de mota, sin que nadie lo juzgara por esa decisión. Rodrigo tomó de la mano a Daniela —una adolescente que bajo cualquier estándar convencional se hubiera definido como su novia, pero que él describía como su *free*— y subieron juntos a la planta alta.

La mayoría de los jóvenes habían mentido en sus casas para asistir a la reunión en la que estaban. Si bien habían dicho que era una fiesta de Año Nuevo en el condominio de los Arruza, no habían mencionado que se trataba de una fiesta clandestina en una casa deshabitada, sin autorización de ningún adulto.

Entre el tumulto de jóvenes desenfrenados por el alcohol y un ambiente nebuloso por el uso de un *bong* de marihuana, Carlitos se quedó conversando con Rulo, el bajista de The Lesbians, un tipo bonachón y agradable que le explicó cómo conseguían la marihuana: «La compramos en la heladería La Tabasqueña, la que está frente a la iglesia. El secreto es preguntar por el Chino, es el único que parece chino de los que atienden ahí, y pedirle una paleta de Coca Cola y una especial. Ésa es la clave mágica».

Si he de ser sincero, me está doliendo la cabeza. Supongo que es la fumarola y la falta de ventilación que hay en la cocina donde están platicando Carlos y Rulo. Así que ojalá no moleste que me mueva un poco de lugar para ver qué está sucediendo en el piso de arriba, donde espero que se difumine este olor a sudor juvenil y marihuana barata.

Rodrigo y Daniela se habían encerrado en el baño de la recámara principal. En otro de los cuartos, en el que hubiera pertenecido a Carlitos si hubieran estado en su casa, se encontraba Paco Elizondo dictando una conferencia sobre el cine gringo de los años setenta. Inventaba datos sin el menor pudor y aceleraba conclusiones falaces de sus argumentos ridículos. Cualquiera que hubiera visto *Marathon Man; Annie Hall o Jaws* podía desmentir lo afirmado por Paco: «Es suficiente ver a Scorsese y a Coppola para entender toda la década». Sin embargo, la única asistente a la conferencia de Paco (que para no faltar a la verdad debe decirse que no sabía mucho de cine) ya había visto *El Padrino I* y *II* y *Star Wars episodio IV*, sin saber que eran películas de los setenta. Por eso, a pesar de las dudas que le generaban los dichos de Paco, Lucía no se atrevía a interpelarlo. Aprovechaba los silencios de éste para darle tragos a una cerveza que se le calentaba en las manos. Quizá tampoco le exigía mayor solidez argumentativa porque Paco se le hacía físicamente muy atractivo y había sido generoso en invitarla a esa fiesta el mismo día de su cumpleaños.

Cuando Carlitos subió las escaleras con ánimo explorador y con cinco vodkas adicionales en la panza —que más bien empezaba a sentir instalados en el cerebro—, nunca se imaginó que al entrar al espacio homólogo de su cuarto, pero de la casa 1, se encontraría a Lucía, la persona que más quería en el mundo, dándole un beso a Paco, una de las personas que más detestaba en el mundo.

Se quedó parado en el marco de la puerta viendo el beso. El ardor recorría cada rincón de su cuerpo. Sintió en el ombligo una punzada penetrante, en el pecho una presión como si lo aplastaran por la espalda y por el frente, en la garganta un nudo que le dificultaba la respiración como si tuviera una uva atorada en la tráquea. Sin soportar las lágrimas, que tardaron en llegar los diez segundos que Carlos contempló la dolorosa escena sin ser visto por los protagonistas, gritó con todo el coraje acumulado y contenido en casi catorce años de vida: «¡Eres una puta!». No lo insultó a él, utilizó específicamente el singular femenino. Su odio iba destinado a Lucía, no a Paco. Muchos años más tarde, quizá quince, quizá veinte, o quizá veinticinco, se acordaría de ese momento al leer un poema en el que se dice que el odio no es el antónimo del amor, lo contrario del amor es la indiferencia. El odio es la peor cara del amor, la más nociva, la faceta destructiva del amor.

Cuando Paco y Lucía voltearon, Carlos ya se había dado la vuelta e iba a la mitad de las escaleras cuesta abajo, con lágrimas de fuego que le quemaban la cara. Abrió la puerta del baño de la planta baja, pues tenía la intención de lavarse el rostro e irse a su casa con algo de dignidad. En el interior del baño, a punto de salir, estaba Natalia, la mejor amiga de Daniela, a la que todos los integrantes de The Lesbians apodaban de manera misógina la Devora hombres, completamente alcoholizada y con una palidez que sugería que segundos antes había vomitado. Carlitos le frenó la salida, la tomó de la cintura, cerró la puerta, acercó su cara a la de ella y le dio un beso largo, mal oliente y desinteresado. Natalia le agarró el pene por encima del pantalón y comenzó a estimular una erección. La mujer frenó el beso para susurrarle al oído al hombre un par de años más joven que ella: «Hay que rascar donde no pica». Después le desabrochó el pantalón, le bajó con autoridad las prendas hasta dejarlas rozando el suelo y se puso de rodillas. Mientras Carlitos recibía el primer sexo oral de su vida, se veía a los ojos en un espejo que reflejaba la cara de un niño que lloraba, que no podía dejar de pensar en un beso ajeno. El final de la infancia es un beso, pero puede ser el primer beso con el que se siente odio.

Para todo mal… bacanora

Los días separaban lo que el silencio unía. Rodrigo y Carlos habían sido descubiertos y castigados por sus padres. La mayor carga punitiva había recaído sobre el mayor de los hermanos, quien había sido acusado de ser el autor intelectual de la fiesta y de sonsacar a su hermano menor para participar de manera activa en ella. Al parecer Javier y Marisol no supieron que Carlos terminó aquella noche mucho más borracho que Rodrigo, que asistió por voluntad propia y que fue el verdadero culpable de dejar las luces prendidas del coche de la abuela Carmina toda la noche, lo que supuso un gasto adicional a la mermada cartera familiar por la compra de una nueva batería para el automóvil. En el juicio sumario de Rodrigo no medió palabra alguna en su defensa, al acusado no se le permitió hablar y Carlitos guardó un silencio cobarde. Dejó caer a su hermano como plomo en el mar.

Los castigos de los hermanos Arruza, sin embargo, vistos desde fuera de la familia, eran en realidad premios. Rodrigo fue enviado dos semanas a Italia, en calidad de enfermero y cuidador de la abuela Carmina en su tradicional viaje anual a su país. Ese viaje hizo que tuviera que cancelar dos tocadas que tenía agendadas con su banda. En Italia tenía estrictamente prohibido usar cualquier instrumento musical, pero la abuela fue muy blanda con lo que ella consideraba algo *improhibible* y el muchacho regresó del viaje con una nueva guitarra y una armónica que empezó a tocar día y noche. Para Carlitos el castigo contemplaba algunas prohibiciones: libros, Nintendo y no poder salir de la casa durante el resto del mes. Con la salvedad de que sus libros, a diferencia del videojuego, no fueron confiscados, permanecieron en su cuarto, en el mismo orden de siempre y a su alcance en cualquier momento del día.

Una noche después de leer de un tirón *Crónica de una muerte anunciada* —en la edición española de Plaza & Janés que el abuelo Jaime le había regalado, meses atrás, en su último cumpleaños—, bajó a la cocina por un vaso de agua. El adolescente creía a sus padres dormidos y viceversa, así que cuando los escuchó hablando en voz baja decidió no interrumpirlos, prefirió espiarlos.

—Vas a tener que pedirle un apoyito más a tu madre. El pago del doctor no ha caído.

—¿Otro? Ya es un abuso.

—Pero si son préstamos. Le vamos a pagar cada centavo, tan rápido como nos subamos al caballo.

—No, gordo, pero pues, ¿tú qué piensas, que mi mamá es un barril sin fondo?

—Ay, por favor, Marisol. No me vengas con ese cuento.

—No, no me vengas con ningún cuento tú. ¿Por qué no mejor le pides prestado a tu compadre? —Marisol cambió el tono de la plática—. O de plano que te dé chamba porque con el licenciado no veo cuándo.

—Qué le voy a estar pidiendo a ese muerto de hambre, no la chingues. Pero, ahora que lo dices, quizá le pido una chamba para ti.

—Tú eres el que no quieres que yo trabaje y aún sin trabajo aporto más que tú.

Las palabras de Marisol habían cruzado el umbral del dolor de Javier y lo habían dejado herido en lo más profundo del orgullo. Al señor Arruza se le enrojeció la cara y se le aplastó el ceño, parecía un tomate muy maduro.

—¿Tú crees que yo estoy muy cómodo sin que el licenciado me regrese las llamadas? ¿Tú crees que puedo dormir bien pensando si ya se enteraron de lo que hice?

Marisol, como por arte de magia, cambió su actitud defensiva, se sentó en las piernas de su esposo, lo abrazó y con cariño le dio un beso en la frente.

—Tranquilo, todo va a estar bien. Yo hablaré con mi mamá. De hecho, me dijo que nos quería regalar un viaje por nuestro aniversario. Estaba pensando que podíamos ir a Las Mañanitas un par de noches. Hace mucho que no viajamos juntos y Cuernavaca está muy cerca por si tenemos que regresar rápido.

Carlitos con la oreja pegada a la pared recordó que el aniversario de sus padres se acercaba. La fecha era el veintidós de enero, mismo día en el que se habían casado sus abuelos y también sus bisabuelos, una tradición familiar. Imaginó que pronto tendría la casa para él solo —bueno, había que burlar la marca de Antonieta, pero eso no representaba ningún desafío— y retomaría el camino en un videojuego sobre unas tortugas mutantes adolescentes, especialistas en artes marciales, con nombres renacentistas. No contaba con que sus padres lo dejarían bajo la tutoría y techo del abuelo Jaime, lo que también era un premio más que un castigo.

Cuando Carlos dio media vuelta y empezó a subir los escalones, sus padres salieron de la cocina y lo vieron a medio camino.

—Creímos que estabas dormido —dijo el padre, intuyendo que su hijo había estado espiando.

Carlos giró sobre su propio eje y con el semblante serio, pero con la media sonrisa imborrable de su cara, preguntó:

—¿Qué hiciste papá? ¿Qué te pidió el doctor Echavarría que hicieras que no te deja dormir en paz?

Hay un momento en la vida de cualquier padre en el que se toma conciencia de que el hijo ha dejado de ser un niño. Este momento no es paulatino, es un momento preciso e identificable. Nosotros estamos presenciando ese momento exacto. Estamos viendo cómo el padre de Carlos se sostiene sobre el hombro de su hijo, a quien ya no considera un niño.

—Eso no es algo que te involucre, Carlitos...

—No, mujer —interrumpió Javier a su esposa—, acompáñame a la cocina, Carlos.

—Bueno, yo me voy a acostar. No se duerman muy tarde —se despidió la mujer.

El padre y el hijo tomaron asiento en el antecomedor de la cocina, el adulto puso una botella de bacanora en la mesa, un licor de su tierra que únicamente sacaba en ocasiones especiales, y sirvió dos caballitos. Carlitos no podía ni oler el alcohol, desde que el vodka barato de la fiesta/crimen le había inducido un vómito grumoso, el solo imaginar el olor del alcohol le revolvía por completo la panza y la consciencia.

—Mira, hijito. Son tiempos muy convulsos para el país —hizo una pausa en la que pareció que se quedaría estacionado toda la vida— y en tiempos así es necesario tomar posturas claras. Blanco o negro, no existen grises.

Carlos seguía, con atención, la divagación del padre sin entender si ese barco navegaba o naufragaba. Sostenía, cada tanto, el vasito con bacanora, pero no le daba ni medio trago.

—Lo que te quiero decir es que quizá en los próximos meses escuches muchas cosas sobre tu padre. Muchas mentiras sobre mí y debes saber que siempre, en todo momento, mi actuar ha sido primero por el bien de ustedes, para proteger a mi familia. Y segundo, por el bien de este país. Espero que ahora que empiezas a ser un hombre, Carlos, puedas amar a México tanto como tu padre intentó inculcarte ese amor en la infancia. Recuerda los versos de un sabio poeta francés: «La patria es la infancia».

Años después Carlitos sabrá que Rilke no es francés, sino austriaco. Pero eso en este momento no importa. Prometo que no vuelvo a interrumpir con nimiedades esta escena que destila algo de tensión.

—A veces, hijito, en política —continuó diciendo el padre con un tono parroquial— hay que aprender a traicionar nuestro pasado para construir nuestro futuro.

El preámbulo del discurso de Javier iluminaba el rumbo de esa conversación, no habría ninguna confesión, solamente una justificación. Carlitos tomó un trago del destilado sonorense y, sin hacer ninguna mueca, sintiendo el ardor que le recorría por dentro, preguntó:

—¿Hiciste algo por lo que te puedan llamar corrupto?

—¿Qué entiendes por corrupto, hijito? ¿Recibir dinero ilegalmente? ¿Tú crees que si fuera corrupto andaríamos tan jodidos de lana? —Tomó de un sólo trago todo lo que le quedaba de bacanora, pegó en la mesa con el caballito vacío y se sirvió nuevamente.

Carlitos recordó una frase que subrayó de la novela de García Márquez que acababa de leer: «No hay borracho que se coma su propia caca». La repitió dos veces en la cabeza y, sin darse cuenta, la escupió en voz alta por tercera vez.

—«No hay borracho que se coma su propia caca».

Javier no identificó que el comentario era una cita, ni tuvo el interés por responderlo. Tomó a su hijo por los hombros y continuó con las metáforas coprológicas:

—Mira Carlos, debes entender qué es la política, porque a eso se dedica tu padre. La política es el arte de comer mierda sin hacer caras, algo parecido a lo que te está pasando ahorita con el bacanora, después de la pedota que te pusiste. Ah, porque también debes entender que los buenos políticos nos distinguimos de los malos políticos por una sencilla razón: nos enteramos de todo lo que les sucede a las personas de nuestro alrededor.

Javier se tomó nuevamente todo el trago de un jalón y se sirvió de nuevo. Con el caballito completo le dijo a su hijo «Salud» y lo obligó a dar un nuevo trago amargo.

Consejos enmascarados

El domingo a mediodía puede ser un momento infernal para muchas personas. El carácter se forja los domingos por la tarde, solía decir el abuelo Jaime en alusión directa a los resultados negativos que normalmente obtenían los Pumas. La actitud febril que se le desataba a Jaime Sancristóbal al sintonizar los partidos dominicales en el Estadio Olímpico Universitario era similar a la que vivía su nieto Carlos cuando lo acompañaba viendo ese espectáculo. Al primero, el calor corporal le venía de la pasión; al segundo, la fiebre se la inducía el hartazgo. Para Carlos aquellos noventa minutos frente al televisor eran una ceremonia de hastío y, sin embargo, eran el único salvoconducto que tenía para evitar el mayor de los infiernos: ir a misa con su madre y su abuela. Por eso desde muy pequeño se inventó una tradición cimentada en la mentira, una práctica de sobrevivencia que ponía al límite su tolerancia. Además, después de tantos años de engañar a toda la familia con un supuesto gusto por el futbol,

Carlos sabía que confesar la verdad a esas alturas traería un dolor irreparable para el abuelo Jaime.

Ver los partidos de los Pumas eran excusas que catalizaron las pláticas más memorables que Carlos tuvo en su infancia, pero de eso se daría cuenta muchos años después. Un gol del equipo universitario era un buen pretexto para besar y abrazar a su abuelo, sin la necesidad de preocuparse por el desacato a esa idea tan típicamente masculina que prohíbe los besos entre hombres, pero de eso se daría cuenta, también, muchos años después.

Así que aquí estamos, vejez y juventud con cara de lamento por igual, uno de ellos es un gran actor. En el televisor un rectángulo en la parte superior derecha indica que estamos en el minuto setenta del partido y el Atlante derrota uno a cero a los Pumas. En la mesa del centro descansa una cerveza NocheBuena más sudada que muchos de los jugadores, un periódico que ilustra en portada una nota sobre el EZLN y una Coca Cola servida en un vaso de vidrio soplado con el nombre de Carlos.

Carlitos apoyaba con movimientos afirmativos del dedo índice los impulsos nacionalistas de su abuelo, que a la menor falla de los jugadores extranjeros reclamaba más oportunidades para los nacionales.

—¡Dónde está la cantera, carajo! No puede ser que no tengamos un joven mejor que ese gringo que es un verdadero matalote.

Ese gringo se llamaba Mike Sorber, un rubio de buena estatura y nula destreza con los pies, cuya llegada al equipo mexicano parecía responder a otra injusta obligación contraída en el recién firmado Tratado de Libre Comercio con América del Norte, pues por méritos deportivos no había forma de justificar su participación. La presencia del nacido en Saint Louis, Missouri a las orillas del río Misisipi era tan congruente como ver a un guerrillero comunista divirtiéndose en el casino más elegante de Las Vegas. Una leyenda más del surrealista futbol mexicano.

La voz de José Ramón Fernández interrumpió lo sucedido en el aletargado encuentro en el estadio de la Ciudad Universitaria con una explicación del porqué el torero español José Mari Manzanares no se presentaría esa tarde en la Plaza México, a pesar de tener contrato firmado.

—¿Chato y si vamos hoy a los toros? —preguntó Carlitos, que encontraba mucho más entretenido el arte de la lidia que el arte de agarrarse a patadas persiguiendo un balón.

—No, mi chato, la plaza ya no es lo que era —contestó el abuelo haciendo uso del mismo apelativo que su nieto utilizaba con él y que ambos copiaban de Cantinflas—, ya está llena de turistas que no dejan ver la corrida. La última vez que fui con mi compadre, un gringo se asustó con la sangre y me vomitó toda la espalda.

Carlos no pudo contener las carcajadas y sugirió la posibilidad de que la anécdota hubiera sido un acontecimiento lleno de muy mala suerte y no una condición generalizada. Él sabía bien que su abuelo era un fiel adepto de la hipérbole.

El nieto preparaba mentalmente argumentos para persuadir a su abuelo sobre la visita al redondel taurino, cuando el sonido del interfón hizo que Jaime se levantará a contestar a la cocina y se perdiera el gol del empate de los Pumas.

—Don Jaime, está aquí afuera el señor Rafael —anunció Efrén desde la caseta de entrada.

—Perdón, ¿qué Rafael? —y Efrén replicó la pregunta calcando el tono y las palabras.

—Su hijo, dígale que Rafael su hijo —escuchó Jaime la respuesta del visitante, antes de que Efrén la repitiera.

Cuando Jaime Sancristóbal salió de la cocina, no se dirigió a la sala donde estaba Carlitos viendo el partido, caminó directamente a la entrada de su casa para recibir a su hijo de frente y con los brazos abiertos. Entraron y Rafael saludó efusivamente a Carlitos con jaloneos de pelo y un beso en la frente. Jaime le aproximó una cerveza al recién llegado y finalmente reparó en que el partido había sido empatado.

—¿De quién fue el gol? —preguntó moviendo las manos en círculos con las palmas viendo el cielo.

—De Sorber, del gringo.

El abuelo se hizo el loco y brindó por la llegada de Rafael, quien para entonces había cogido el periódico que estaba sobre la mesa y estaba leyendo la nota sobre el movimiento zapatista.

—Carlos, ¿sabes que tu abuelo tiene complejo de editor?

Carlitos no entendió a qué se refería su tío e hizo una mueca.

—Mira, el cabrón está tan loco que corrige las comas mal puestas y agrega los puntos faltantes —continúo Rafael, enseñándole a Carlitos el periódico con los tachones, correcciones y anotaciones que había escrito el abuelo.

—El periodismo se está muriendo en este país. Todos escriben con las nalgas —se defendió el abuelo con un murmullo sin dejar de ver el partido de futbol.

—Mi letra se parece a la tuya, chato —dijo Carlitos con ánimo de mantener el buen ambiente—, igual de fea. Medio temblorosa.

—Pues claro que son temblorosas, ambos le tenemos miedo a la mala ortografía. No como los periodistas de la actualidad —aclaró y le guiñó a su nieto.

En la televisión un árbitro vestido de luto juntó los pies en un costado del campo, se llevó el silbato a la boca, juntó las manos por encima de la cabeza haciendo una vertical perfecta e hizo sonar su silbato; bajó una de las manos con la que señaló el centro de la cancha mientras hacía una escuadra perfecta de noventa grados y volvió a silbar. Esos tres segundos en los que el árbitro fue el protagonista fueron los más estéticos que Carlitos encontró en todo el partido. Más que un juez de plaza, el del silbato parecía un torero de luces.

—Estábamos pensando que quizá podríamos ir a ver los toros al rato —aventuró Carlos el comentario viendo a su tío.

—¿Y tu mamá te va a dejar ir a ver una masacre? —preguntó Rafael.

—Qué masacre, ni qué ocho cuartos —dijo el abuelo.

—No están mis papás, se fueron a Cuernavaca y dejaron al abuelo a mi cargo —contestó Carlitos con una nueva broma para aligerar el ambiente, consciente de que los diálogos entre su tío y su abuelo eran siempre una bomba de tiempo.

—Pues qué lástima que le induzcas la barbarie a tu tutor —dijo Rafael, buscándole la mirada a su padre.

—Bárbaros aquellos dispuestos a matar a otro ser humano —disparó el abuelo, ya con ánimo de pelea— y a engañar a los pueblos indígenas con la estupidez de que poniéndose un pasamontaña su vida estará mejor.

—Claro, debe ser mucho mejor idea cambiar el rumbo del país organizando una cenita de profesores universitarios mediocres en una casa del Pedregal. O quizá lo que necesita nuestra lucha es escuchar a los ideólogos que sólo pretenden acercarse y entender el movimiento desde la comodidad de sus sillones, corrigiendo las notas de prensa que lo explican —dibujó comillas en el aire en las últimas palabras—. Claro, ¿cómo fui tan pendejo?

—¿Te das cuenta de lo riesgoso que es lo que están haciendo? Están llevando a centenas de personas al matadero, Rafael. ¿Y para qué? ¿Qué han logrado?

—Es increíble la incapacidad que tienen para reconocer nuestros logros —Rafael rio con falsedad—. Es porque ustedes son parte del problema. Son lo mismo que ellos. No, ustedes son peores que ellos, porque ustedes se dicen de izquierda. Ustedes son el verdadero cáncer que tenemos que eliminar.

Carlitos intentaba escuchar con atención, pero se distrajo pensando en la razón por la que ese diálogo, que era tan directo y frontal entre dos personas inteligentes, tenía que verbalizarse y escudarse en el uso del plural: *ustedes, ellos, nosotros*. A Carlos —más allá de las ideologías y los movimientos sociales— le parecía que aquella plática era el más íntimo ajuste de cuentas entre un padre y un hijo y nadie más.

—Ah y supongo que ustedes son muy distintos a nosotros. No sabía que tú y Marcos habían nacido en la sierra chiapaneca, y que de niños sudaban el bocado que se llevaban a la boca. Yo pensaba que eran peces de ciudad, que habían asistido a colegios privados, bien vestidos, bien comidos y bien bañados. ¿Qué ingenuo yo, no? —Y ya a los gritos, el abuelo Jaime continuó—. Mínimo tengo la decencia de reconocer quién soy, y no soy un pinche oportunista que pone en riesgo la vida de las personas.

—No, en realidad eres un pinche cocainómano frustrado. Incapaz de poder trascender más allá del salón de clases.

Jaime contuvo sus ganas de lanzarse contra su hijo y batirlo a mano limpia. Rafael dio un trago a la cerveza y salió de la casa dando un portazo a una puerta que tardaría muchos, muchísimos años en volver a abrir. El abuelo, golpeado con armas mucho más dolorosas que los puños, comenzó a llorar y Carlitos, acaso con la torpeza del que no sabe qué hacer, puso una mano sobre la espalda del viejo y dijo:

—Tienes razón, es mala idea ir a la plaza de toros. Está llena de gringos.

Lágrimas de perro

Marisol heredó la forma de llorar de su padre: por todo y con rezago; llorar como acto de intimidad, en silencio, soledad y tiempo después del hecho que motiva el llanto. Lágrimas del recuerdo.

Carlitos que fisgoneaba y metía la nariz en todo lugar donde no lo llamaban, sabía que el origen de las lágrimas que su madre escondía encerrada en su cuarto, aquella mañana, eran producto de las llamadas telefónicas que en los últimos días había sostenido con la abuela Carmina.

El viaje de Rodrigo y la abuela en Italia se extendió involuntariamente dos semanas, lo que el joven agradeció con singular alegría por no tener que reincorporarse a la escuela. Marisol tomó la noticia con circunspección. El día que los viajeros debían trasladarse de Turín a Milán para tomar el vuelo hacia el aeropuerto Charles de Gaulle, donde esperarían tres horas antes de sentarse en sus asientos de la sección *première* del Airbus A330-300 que los trasladaría a México, la abuela llamó a su hija. Le informó que no se conocía el paradero de la documentación migratoria de ambos. Aseguró que ella misma había guardado en una caja fuerte los pasaportes y, sin embargo, habían desaparecido misteriosamente. Toda la servidumbre de la casa, propiedad de los padres de la abuela Carmina, y habitada por Lorenza Barberini, hermana menor de los siete hijos de la familia, estaba abocada a encontrar los documentos extraviados. Pusieron la lujosa morada de cabeza sin hallar rastro de las identificaciones migratorias. Semanas más tarde, cuando el aviso diplomático ya se había consumado y la Embajada de México en Roma había tramitado y notificado la autorización de regreso con un pasaporte temporal para el menor de edad y la naturalizada mexicana, los documentos aparecieron en la biblioteca. Fungían como separadores de libro, hospedados en la página sesenta y siete de un poemario de pasta dura de Eugenio Montale, que Carmina había estado leyendo sentada en el escritorio que alguna vez había sido de su padre.

La tarde previa a aquella mañana de lágrimas ocultas, y algunas semanas después del regreso del viaje europeo, Marisol y Carmina habían acordado ir a desayunar al patio del San Ángel Inn, para hablar de finanzas y expectativas del futuro familiar. Carmina ofreció que Pedro, su chofer, pasara por Marisol, luego la recogieran a ella y así llegaran juntas al restaurante. Marisol esperó veinte minutos antes de que la impaciencia ante la impuntualidad la hiciera descolgar el teléfono.

—Perdóname, *figlia*, no aparecen las llaves del coche por ningún lado. No sé dónde las dejó este muchacho —acusó Carmina a su chofer del nuevo extravío.

—¿Y el duplicado, mamá?

—Fíjate que no me acuerdo dónde lo puse. Lo escondí por algún lugar porque no está en la caja fuerte.

Marisol sospechó, preocupada de la situación y encontró un remedio rápido.

—Bueno, no te preocupes. Pediré un radiotaxi y paso por ti, para que no se haga más tarde.

Abordó el taxi ejecutivo enojada, pues a pesar de especificar que quería un coche decente, le enviaron un modesto Tsuru gris que olía a aceite derramado. Lo único bueno del retraso y de ese viaje impropio fue que esquivaron la hora más complicada del tráfico y en pocos minutos llegaron al Pedregal. Marisol se bajó para tocar el timbre, anunciar su llegada y pedirle a Crecencia, a través del interfón, que apurara a su patrona. Carmina no tardó en salir, como siempre vestida impecable, con un traje sastre con hombreras pronunciadas, de lana azul marino y cuadros color vino, que su hija envidió a primera vista y decidió, por paz mental, dejar de observar. Cuando Carmina abordó la parte trasera del vehículo, su hija regresó la mirada para saludarla con un beso y escuchar los susurros de la anciana preguntando si no había un coche menos apestoso. Fue hasta que llegaron a las puertas del San Ángel Inn cuando Marisol se dio cuenta de que su madre no se había calzado unos zapatos y seguía en pantuflas. Sin ánimo para el drama ni alteraciones desproporcionadas, Marisol decidió no mencionar el asunto. Ingresaron al restaurante y desayunaron. Mantenían una plática improvisada de preguntas que Carmina hacía y Marisol no alcanzaba a responder con precisión, pues rebotaban contra una única pregunta interior que acaparaba la verdadera atención de su cabeza y que horas más tarde se transformaría en lágrimas.

***

Antonieta también lloraba y mucho. Con una diferencia fundamental con respecto a su patrona, la morena lloraba en seco. Sus ojos, en vez de humedecerse, se resecaban, se ponían color ámbar con finas pinceladas rojas. El de la muchacha guerrerense era un llanto recio. «Así se llora en la costa, Carlitos, secando el exceso de agua que todos los días nos ahoga», le había explicado al niño en una ocasión cuando por su culpa se quemó con una olla en la cocina: «Perdón. ¿Te duele? Perdón. ¿Te duele mucho? Perdón. ¿Por qué no lloras? Perdón».

Desde entonces a Carlitos no se le olvidaba el significado de esa mirada de lágrimas secas, que vio en los ojos de Antonieta después de aquel accidente, ni tampoco se le olvidaba que *perdón* es una palabra de fácil desgaste que hay que usar con moderación.

Es importante recordar que Carlos siempre parece feliz. En la mañana en la que nos encontramos, día feriado por ser el quinto del segundo mes, Carlitos está acostado en su cama, con una sonrisa de oreja a oreja, viendo el techo de su cuarto lleno de calcomanías fosforescentes que simulan estrellas y planetas —que en otra época lo entusiasmaron y ahora encuentra patéticas—, pero no pone atención en los astros de su habitación, su mente está reflexionando una de las cosas más importantes en su vida: ¿por qué le cuesta tanto trabajo llorar?

El llanto de Carlos era como el llanto de un perro. Un quejido que parecía resonar hacia el interior, un aullido que no explotaba y que sin embargo resulta imposible de esconder. Una manifestación de alegría o tristeza poco frecuente. Quizá por eso reconoció como propias las lágrimas de Chabelo, cuando aquella mañana el animalito se escapó del jardín de la familia Pérez de los Reyes, sus dueños, e inquilinos de la casa 7, y se fue directo contra la pantorrilla de Pepito Figueroa, que jugaba en el paso central del condominio una cascarita de *hockey* con amigos imaginarios. Por aquellos años el *hockey* se había impostado como un deporte nacional. Una película de Disney había expandido la moda entre los infantes de la clase media metropolitana, y el contagio había llegado rápidamente a aquel pueblo suburbano en aquel año desconocido. Patines, cascos, coderas, rodilleras, discos y *sticks* de importación se encontraban con facilidad en cualquier tienda deportiva gracias a la solidaridad del gobierno con el comercio exterior.

Creo que sobra decir que Carlitos también ha fracasado como aficionado del nuevo deporte, para él el *hockey* es un futbol con más torpeza. Una actividad que no le produce ningún placer o interés. Pero regresemos a la trágica historia con nombre de chiste: Pepito y Chabelo.

El relato del niño mordido consistía en que Chabelo lo había atacado ferozmente. A consecuencia del ataque, Pepito había soltado su *stick*, había tropezado y no había podido ponerse de pie con agilidad por culpa de los patines de cinco ruedas en hilera que calzaba. Lo cierto es que el perro, cuyos dueños no estaban en casa, se prensó de la parte más carnosa del jugador de *hockey* caído. Los gritos de Pepito sonaron en todo el país y su padre, Pepe Figueroa o Pepe papá o el licenciado Figueroa, salió desesperado de su casa. Tomó el *stick* de su hijo y comenzó a dar bastonazos en las costillas de Chabelo. Al sexto golpe, el perro soltó la pierna del niño y se quebró como una piñata, de la que no salieron ni fruta ni dulces, pero sí lágrimas contenidas, muy parecidas a las de Carlitos cuando lloraba.

José Antonio Figueroa. Treinta y ocho años. Tez blanca. Pelo relamido con gel y cara perfectamente rasurada. Siempre encorbatado con traje azul obscuro, gris o negro y camisa blanca. Es abogado en un famoso despacho dedicado a elaborar estrategias fiscales para que las empresas no paguen impuestos. Neurótico progresivo que esconde a su esposa en cualquier evento social. Se refiere a su hijo como júnior. Sin antecedentes penales.

Cuando Carlitos llegó a la escena violenta, Lucía ya había salido y con valentía le exigía a Pepe Figueroa que dejará en paz al animal. El hombre, más bestia que cualquier perro, no dejaba de zumbarle patadas con todas sus fuerzas a un Chabelo moribundo. Carlitos se quedó impávido, congelado, sin reacción ante la emergencia, mientras Lucía se lanzó al suelo como escudo protector del canino, cuyo apodo respondía a que, a pesar de tener una cara arrugada, era un cachorro de once meses. Sólo así cesaron los golpes del vecino de la casa 5, que con una mirada rabiosa y desencajada, pero sin asomo de lágrima alguna, tomó a su hijo del suelo, lo subió a su camioneta y aceleró.

—Llama a una ambulancia —dijo Lucía desesperada.

Carlos entró a su casa, levantó el teléfono de la cocina y giró en el disco los números cero, tres, cero. «La hora exacta es…». Colgó y marcó el número correcto.

—Información. ¿En qué podemos ayudarle?

—Señorita, necesito una ambulancia para un perro.

—¿Una ambulancia para perros? A ver permítame unos segundos.

No fueron unos segundos, sino minutos el tiempo que tardaron en lograr coordinar que una ambulancia ordinaria, para seres humanos, transportara a un perro a una veterinaria. Cuando Carlos salió para anunciar el arribo del vehículo de emergencias, vio a Lucía subirse a la parte posterior del coche de la familia Elizondo con Chabelo en los brazos. Paco le abrió y cerró la puerta con galantería, cruzó miradas con Carlos, se subió al asiento del piloto y arrancó. Ni Paco, ni Lucía, lo invitaron a subir al coche. Aunque Carlitos no hubiera aceptado acompañarlos, pensó que invitarlo hubiera sido un mínimo gesto de amabilidad, ante la delicada situación.

Regresó a su casa, conteniendo un llanto de coraje que le retumbaba en la boca del estómago y en la quijada. Entró al estudio de su padre, ubicado en la planta baja, para utilizar el único teléfono inalámbrico de la casa y poder, desde el encierro en su cuarto, cancelar el servicio de ambulancia humana adaptada a canina. Se disponía a entrar en su habitación cuando vio del lado contrario del pasillo a su madre sin rastro de lágrimas en los ojos y, detrás de ella, a Antonieta con la cara llena de ríos que escurrían hasta el suelo y sus manos que navegaban a la altura del vientre.

Todo regreso es una partida

El doctor Luis Pérez de los Reyes no sólo era un buen vecino, gentil y amable; también era uno de los mejores neurólogos del país. Retirado desde hacía pocos años, ya no daba consultas a pacientes, ni asistía rutinariamente a los quirófanos. Pasaba sus días como docente y alumno universitario. Los lunes y miércoles, a primera hora de la mañana, comenzaba su cátedra de neurología para alumnos del séptimo semestre de la Facultad de Medicina de la UNAM. Los martes y jueves replicaba la misma clase en la Universidad La Salle. Regresaba al medio día a casa para comer diariamente con su esposa Laura, a quien él siempre llamó «Laurita de mi corazón» desde que se conocieron cincuenta años atrás en la Escuela Nacional Preparatoria. Laura también estudió Medicina, pero nunca ejerció la profesión; los embarazos de sus dos hijos la orillaron recién salida de la carrera a resguardarse en el hogar y a cambiar los quirófanos por los trabajos domésticos. Cuando sus hijos crecieron e intentó retomar su vida profesional, ninguno de los amigos y contactos de su marido la tomó en serio. Al tercer rechazo laboral, decidió colgar la bata blanca y nunca más volverla a usar.

Cuando el doctor Pérez de los Reyes se jubiló, su mujer y él tomaron la decisión conjunta de volver a ser estudiantes. Entrados en la última etapa de su vida, volvieron a ser novios de manita sudada en los pasillos universitarios, pero esta vez en la Facultad de Filosofía y Letras, donde todas las tardes asistían a sus clases de las carreras de Historia y Filosofía, respectivamente.

A don Luis le gustaba contar una anécdota en la que Carlitos, algunos años atrás, decepcionado, al enterarse de que su doctor de cabecera dejaría la medicina por estudiar en un lugar llamado Filosofía y Letras, había cuestionado todo, incluido el nombre de la facultad. Debía llamarse, según Carlitos, Filosofía y Palabras, pues «las letras no quieren decir nada y las palabras sí. Además, las letras italianas, gringas o mexicanas son las mismas, pero las palabras son muy diferentes». Pérez de los Reyes rememoraba aquel diálogo cada que vez que tenía contacto con Carlos o alguno de sus padres, en presencia de un tercero. La curiosa historieta vio la luz cuando el médico con vocación de historiador amablemente recibió en su casa a Marisol y a Carmina para platicar de una preocupación que su vecina le había expresado con respecto a su madre. Don Luis sirvió algunas tazas de café, se sentaron en la sala y comenzó un diálogo con tintes de interrogatorio.

—Para tener un diagnóstico preciso, necesitamos hacer algunas pruebitas de laboratorio y algunos ejercicios de memoria para evaluar los síntomas —dijo Luis vestido con prendas de muchos colores, pero ninguna blanca, listo para asistir a sus clases—. También es importante analizar su historia clínica, doña Carmina. La Medicina y la Historia son dos ciencias que deben ir siempre de la mano.

—¿Luis, este tipo de enfermedades pueden ser hereditarias? —Marisol sonó insensible con la situación y la reacción de Carmina fue una mirada desaprobatoria a su hija.

—Es muy precipitado hablar de una enfermedad en concreto, en este momento. Les propongo que hagamos los análisis —dijo el médico con prudencia y se paró a la cocina para sacar una pluma y un papel de un viejo recetario que guardaba ahí, a la mano—. Son estos estudios los que se debe hacer en el laboratorio.

Antes de despedirlas y de prometer que coordinarían un próximo encuentro tan pronto como tuvieran los resultados del laboratorio, Luis le explicó a Carmina algunas tareas y ejercicios mentales que debía realizar y monitorear.

—Los hallazgos que tenga apúntelos y me los trae la próxima vez que nos veamos, junto con los resultados de los análisis y su historial clínico completo.

Las mujeres agradecieron y dejaron la casa de aquel anciano con prisa por asistir a sus clases universitarias.

Esa noche, antes de dormir, Carmina pensó hasta dónde podía llegar su historia clínica. La pregunta de su hija, que en un inicio había juzgado como imprudente y egoísta, regresó a su cabeza como el más pertinente motor en la búsqueda de certezas. No tenía idea de los antecedentes genéticos que existían en su familia. Ni siquiera los estudios sanguíneos que ordenó Pérez de los Reyes detectaron la presencia, en Carmina, de la apolipoproteína E-e4de. Una herencia cuyo padre, Franco Barberini, tampoco sabía que había heredado de su madre, Alviria Deter, una proletaria alemana que se había bien casado con un empresario ferroviario del norte de Italia, veinte años mayor que ella, que se enamoró de su juvenil belleza en un viaje de negocios por Alemania y que decidió raptarla para desposarla en Florencia. Era imposible que, entonces, Carmina y la ciencia supieran que el gen que a sus ascendentes más próximos no había arrebatado la memoria como lo hacía con ella, sí había perjudicado a su bisabuela, una señora de nombre Auguste y de apellido desconocido que murió invadida por una demencia que le despojó toda la cordura, en mil novecientos seis, encerrada en el hospital Irrenschloss de Frankfurt, donde estuvo bajo la supervisión del médico Aloysius Alzheimer, cuyo apellido, años después, bautizaría la enfermedad que carcomía los recuerdos de la abuela Carmina.

***

El día que citaron a Marisol y Javier Arruza en el Colegio Franco Canadiense para discutir que su hijo Rodrigo había reprobado once de las doce asignaturas, no les fue difícil intuir que sólo había conseguido la calificación aprobatoria en la materia de música. Cuando estaban a punto de salir de casa sonó el teléfono: Crecencia informó que no encontraban por ningún lugar a la señora Carmina. Que ni ella, ni Chari, ni Pedro la habían visto salir, pero ya habían pasado muchas horas sin que regresara. Su cama estaba tendida, quizá no había pasado la noche en su casa. Marisol ordenó que el chofer pasara por ella inmediatamente y Javier tuvo que asistir solo a la reunión escolar para atender los problemas de Rodrigo.

—¿No podían avisarnos por teléfono? —preguntó el padre furioso, sentado en una asfixiante oficina con muebles polvosos y nula ventilación.

—Pero cómo voy a creer, Pedro. ¿Para qué carajos están ustedes, si no es para cuidar a mi madre? Se la pasan en pura tontería y no ponen atención en su trabajo.

—Era importante que habláramos con ustedes personalmente, señor Arruza. Para valorar las mejores opciones para la vida escolar de Rodrigo —contestó una diminuta señora, con corpulencia rómbica y un peinado de otra época, que se presentó como la subdirectora de preparatoria—. Por su edad, quizá lo más conveniente es que busque una alternativa en el sistema abierto. Para ello, tendrían que concluir su relación con nosotros para que podamos liberar el expediente académico de Rodrigo.

—Perdón, señora Marisol. Yo andaba lavando el carro, no escuché que se abriera la puerta en toda la mañana —dijo Pedro mientras daban vueltas por las calles del Pedregal sin encontrar rastro de su patrona—. ¿A dónde vamos a buscarla?

—Claro, ya salió el peine. A ustedes lo que les importa es cobrarnos, no el futuro de Rodrigo.

—Vamos a la Santa Cruz, no se me ocurre otro lugar al que haya podido ir.

Efectivamente, el alumno Rodrigo Arruza presentaba un adeudo de tres colegiaturas, dos libros extraviados de la biblioteca y los intereses moratorios correspondientes.

Efectivamente, Carmina Barberini estaba en la iglesia, había llegado descalza y por propio pie. Pidió espacio en el confesionario y una vez adentro, frente al padre, solicitó una *burrata di bufala* y trescientos gramos de queso parmesano.

—Yo no voy a seguir tirando el dinero a la basura —gritó el padre muy enojado—. Se acabó. A partir de ahora te olvidas de tu pinche guitarrita y te pones a trabajar. Yo no te crie para ser un huevón bueno para nada.

—Mamá no te puedes ir sin avisarle a nadie —gritó la hija muy enojada—. Creo que lo mejor es que, en tanto no inicies un tratamiento, te quedes unos días en casa de mi papá. Así podremos estar más cerca.

Abuela y nieto manifestaron su oposición, aunque estaban en posiciones muy endebles para negociar, expresaron sus condiciones. Rodrigo trabajaría, pero no renunciaría a la música jamás; Carmina pasaría una temporada cerca de su hija sólo si era bajo su techo, nada de compartir nuevamente casa con Jaime. Al primero no le aceptaron su petición, a la segunda sí. Nieto y abuela prepararon maletas en simultáneo. Cuando Carmina llegó a su nuevo hogar provisional, Rodrigo ya se había ido, con una maleta de poco peso, una armónica en la bolsa trasera del pantalón y una guitarra eléctrica colgada en un brazo. Dejó una nota pegada en el refrigerador: «No me esperen para cenar. Tampoco mañana, ni pasado».

Pasaron cinco días y la actitud díscola de Rodrigo no cesó. Marisol habló con las madres de sus mejores amigos para saber si alguna conocía el paradero de su hijo. No recabó nada de información. Javier la intentaba tranquilizar, aseguraba que si algo malo ocurría serían los primeros en enterarse. Además, era bueno que el muchacho adquiriera carácter y noción del costo de la vida. Él, a la edad de Rodrigo, ya se ganaba algunos centavos y apoyaba a la economía familiar, sin descuidar sus estudios.

Al borde de un ataque de nervios, Marisol le pidió ayuda a su hijo menor: «Habla con Paco. Que te diga dónde está. No vamos a ir por él, sólo quiero saber que está bien». Carlitos prefería cortarse el dedo meñique de ambos pies antes que pedirle ayuda a Paco, así que se inventó una mentira piadosa. Le dijo a Marisol que Paco le había exigido máxima discreción y él había jurado absoluta secrecía: Rodrigo estaba hospedado en casa de un primo foráneo de Rulo, que vivía solo y que había accedido a darle posada un par de semanas. Que el abuelo Jaime le había regalado suficiente dinero antes de su partida. La última parte de la mentira yuxtaponía algo de verdad. El cuento funcionó a la perfección, Marisol se quedó tranquila mientras Carlos ganaba algo de tiempo para limar asperezas con Lucía y, a través de ella, poder investigar la verdadera ubicación de su hermano.

***

La segunda visita que hicieron Carmina y Marisol a la casa de los Pérez de los Reyes fue concluyente. A pesar de que el médico dijo que, si bien se trataba de un Alzheimer con cierto grado de avance, de ninguna manera se podía descartar la efectividad del tratamiento que Carmina debía iniciar. Era necesario dejar pasar un lapso de tres meses para evaluar los efectos iniciales del tratamiento. Luis Pérez de los Reyes recomendó que, mientras tanto, Carmina se quedara en casa de su hija. La abuela Carmina supo desde ese momento que no hay nada más eterno que aquello que sucede «mientras tanto». Afrontó su condena mental con entereza, con la seguridad de que nunca volvería a su casa, con la certeza de que su memoria era un péndulo que no dejó, ni dejaría, registro en los extremos. Como todos, no guardaba recuerdos propios de su nacimiento pero, como sólo les sucede a algunos, no guardaría recuerdos de sus últimos días. Moriría sin saberlo. Ser consciente de que se está viviendo la muerte, como una experiencia más de la vida, no era una posibilidad para Carmina. Ahí encontró, quizá, la convicción para emprender su último proyecto en este mundo: un libro en el que daría cuenta del viaje pendular. Con disciplina puso manos a la obra, escribía invariablemente todos los días, por las mañanas, con el café como única compañía. Aprovechaba que Carlitos se iba a la escuela, que Antonieta hacía el quehacer, que Marisol iba a comprar la comida y que Javier se desaparecía misteriosamente, para salir al jardín trasero y ahí escribir compulsivamente con el miedo de que el manuscrito navegara por rumbos delirantes que su cerebro le imponía cada tanto. Era una novela, sin título de trabajo, calcada en un cuaderno tricolor, marca Scribe, de forma —por supuesto— italiana.

Carlitos fue el único que se interesó en el proceso creativo de la abuela Carmina. Una mañana de sábado, mientras hacía pruebas de luz con su cámara de video, le preguntó cómo iba con su libro, de qué trataba y si lo dejaría leerlo en algún momento. La abuela le prometió que cuando el proyecto estuviera más avanzado sería el primer lector. Se trataba de una historia de dos hermanas separadas por la guerra y reencontradas muchos años después tras la caída del muro de Berlín. Una había olvidado por completo su lengua materna, pues había crecido en Estados Unidos en el exilio impuesto por un padre que a los pocos meses de haber llegado a América la había dejado huérfana; la otra no había corrido con mejor suerte: también había perdido prematuramente a su madre y había permanecido toda su vida sin salir de la Alemania del Este. La novela transcurría como un extenso diálogo en el que ambas hermanas se relataban su vida e intentaban encontrar las razones del porqué sus padres habían decidido escindir la familia. El punto de giro en la trama, explicó Carmina a su nieto menor, lo pondría en el tercer acto: cuando el lector descubriera que no se trataba de dos hermanas, sino de una sola mujer que tenía demencia y que ambas voces respondían a los momentos de lucidez y de dispersión.

—Nona, me gusta mucho tu historia. Me encantará leerla cuando la termines —animó Carlitos a su abuela.

Antes de que Carmina pudiera agradecerle el gesto, Carlos vio cómo los ojos de su abuela navegaron. La mirada se le volvió líquida y con una evidente alteración en la voz le entregó la libreta:

—Rafael, otra vez olvidaste tu cuaderno de matemáticas.

¿Por qué no les parece extraño?

Preguntaban todo por duplicado. Cada uno tenía siempre dos preguntas que vibraban en los labios y, en la primera oportunidad de tiro, disparaban sin ningún tipo de tapujo. Como eran inseparables, como nunca se les podía encontrar solos, las preguntas eran por lo menos cuatro. Dos en boca de Lucas y dos en boca de Claus o viceversa. No era identificable quién pensaba la pregunta y quién la verbalizaba, hablar con los gemelos Kohlmann era escuchar a una persona en dos cuerpos.

Huérfanos de madre, por un cáncer feroz desde que eran niños de teta, no guardaban muchos recuerdos de ella. Vivían en la casa 2 del condominio, con su padre, Sebastian Kohlmann, al que llamaban Bastian o capitán, nunca padre, mucho menos papá. Tenían una perra pastor alemán llamada Luperca, a la que sí llamaban Luperca. Bastian era piloto aviador para las rutas latinoamericanas de Lufthansa y pasaba mucho tiempo fuera de casa. El cuidado de los gemelos de diez años estaba prioritariamente a cargo de doña Trini, una señora chiapaneca de edad indescifrable que había sido nana de Sebastian durante toda su infancia y juventud, en una finca cafetalera que tenía la familia en Colinas del Rey, Chiapas, a cincuenta kilómetros de la frontera con Guatemala. Una zona mucho más cercana a Centroamérica que a la Ciudad de México, donde la gente utiliza el vos en su habla cotidiana. Cuando la madre de los gemelos falleció, doña Trini se mudó a vivir a la capital para apoyar a Sebastian. A doña Trini le llamaban la Sargento y ella les decía Mis amores o Chamacos cabrones, dependiendo la ocasión. Al quedarse viudo, Sebastian tomó la decisión de vivir en una casa cercana al Colegio Alemán, escuela a la que los niños asistirían. Fue así como llegaron al condominio donde vivía Carlitos, justo dos meses después de que la familia Arruza se instalara en la casa 4.

—¿Pensaste que Chabelo podía morir? ¿Es cierto que el señor Figueroa te pegó?

—¿Quieres saber por qué Chabelo mordió a Pepito? ¿Dónde está Carlitos?

Lucía se incorporó del suelo al escuchar venir la avalancha de preguntas. Estaba acostada en el área común bajo la sombra del pino de la casa 9, leyendo un libro de Virginia Woolf que su madre le había prestado, cuando los gemelos la abordaron con la batería de interrogatorios.

—No pensé que moriría. No, ese imbécil no me pegó —contestó Lucía a Lucas y girando la mirada hacía Claus dijo—. Sé por qué lo mordió y no sé dónde está Carlos.

Resultaba curioso que los gemelos, algunos años menores que Carlos, lo llamaban siempre Carlitos. Escucharon con atención las respuestas de Lucía, se voltearon a ver y Lucas, con un movimiento de mentón, le dijo que sí a su gemelo. Claus fue el que habló:

—Vamos a tomar cartas en el asunto. Pero sabiendo que no hubo peligro de muerte y que no le pegaron a nuestra amiga Lucía, tendremos que ajustar el castigo.

Tomó la palabra Lucas:

—Estamos seguros de que nuestra amiga Lucía no sabe la razón del ataque. Que no conoce las minucias de cuando Pepito arrojó cohetes prendidos al jardín donde habita Chabelo, antes de la mordida. Pero si el deseo de nuestra amiga Lucia es no saber más detalles, no diremos más.

Lucía no dejaba de sorprenderse cada que platicaba con esos pequeños que a veces le parecían dos robots del futuro. Le sorprendía que siempre vistieran de negro. Le sorprendía la cantidad de información que tenían de lo que ocurría en aquel condominio de nueve casas. Le sorprendía que usaran la tercera persona para referirse a ella cuando hablaban, precisamente, con ella. Y, sobre todo, le sorprendía que aquellos dos chiquillos pensaran que comportarse como lo hacían era normal. A pesar de lo raros que eran, Lucía estaba segura de que, a su manera, los gemelos la querían en la misma medida que ella los quería, pues los había visto crecer. Había pasado más tiempo con ese par de alemancitos que con cualquier miembro de su familia, salvo su madre.

—Ahora en qué están pensando. ¿Qué le van a hacer al maltratador de animales?

—Dar detalles del plan pondría en riesgo la operación —explicó Claus y continuó Lucas—, pero nuestra amiga Lucía puede estar segura de que en este condominio no volverá a llorar ningún perro por maltrato humano.

Las aventuras justicieras de los hermanos Kohlmann solían generar más problemas que soluciones. Tan sólo unas semanas antes, una de sus operaciones había consistido en bajar el aire de dos llantas del coche de Jorge Cano, vecino de la casa 9, quien había sido *imprudente* al acusar a los hermanitos con la Sargento por quemar escarabajos vivos. Para los Kohlmann era una difamación —pues, aunque sí quemaban escarabajos, siempre se aseguraban de que estuvieran ya muertos—, y eso le valía al señor Cano una penalidad grado medio, un castigo con cinco de puntuación en una escala del uno al diez que ellos mismos habían escrito para garantizar justicia y legalidad en sus operaciones. Cuando Jorge Cano descubrió su coche rozando el suelo con los neumáticos completamente ponchados, colérico, se dirigió a la casa 4, buscando hablar con Javier Arruza. El afectado estaba seguro de que el culpable era Rodrigo Arruza, quien seguramente había tomado represalias contra él por haber sido el aguafiestas de aquel jolgorio clandestino organizado en la casa 1 en pleno Año Nuevo. Él había dado aviso al policía que llegó al condominio; disuadió la pachanga y buscó a Marisol y Javier Arruza en el Hospital Humana, para informarles que ante cualquier problema ellos serían los responsables de las acciones de sus hijos. Jorge Cano había sido el artífice de que castigaran a los hermanos Arruza. Aquel día de las llantas ponchadas no encontró a ningún miembro de la familia en casa, los padres estaban en Cuernavaca; Rodrigo, dándose una vida opípara en el norte de Italia; Carlitos, viendo el futbol con su abuelo Jaime y Antonieta se había ido a su pueblo. Corto de entendederas, Cano fue incapaz de pensar que tenía muchos enemigos a la redonda, siguió empecinado en hundir al falso culpable. Decidió tomar un taxi directo al Ministerio Público más cercano y presentó una denuncia formal por allanamiento de morada y daños en propiedad privada en contra del menor Rodrigo Arruza Sancristóbal.

Desde luego los hermanitos Kohlmann no saben lo costosas que son sus travesuras. Lucía se divierte, pero les advierte que no hagan cosas que ella no haría. Carlitos, por su parte, está timorato en su casa frente a su abuela, con las palmas de las manos completamente sudadas, esperando que mágicamente le lleguen agallas para cruzar la puerta y pedir un perdón que ha tardado mucho tiempo en pronunciar. Tocan a la puerta de los Arruza: es la policía ministerial del Distrito Federal.

—Me presento, soy el comandante Soberanes —dijo el hombre vestido con un traje café, camisa amarillo mostaza y una corbata de rombos mal anudada.

—Dígame, comandante, ¿en qué lo puedo ayudar? —interrumpió Javier, sacando únicamente la mitad de su cuerpo de la puerta entreabierta de su casa.

—Vengo a entregar un citatorio. Se presentó una denuncia en contra de Rodrigo Arro... —al comandante se le complicó la lectura del apellido— A-rru-za. ¿Vive aquí, cierto?

Javier volteó a ver a Carlitos que estaba chismoseando a sus espaldas con su cámara de video en las manos, listo para documentar el momento, y lo mandó a jugar al área común; abrió la puerta de par en par y le ofreció asiento al policía. Carlos obedeció a su padre y vio que Lucía estaba sentada bajo el pino, platicando con los abogados del diablo.

—Me presento, comandante, soy el licenciado Arruza, exjefe de la oficina del regente de la Ciudad. Ahora, como podrá imaginar, estoy abocado en funciones de la campaña —mintió Javier, que seguía a la espera del llamado de su exjefe.

El policía viró su tono y expresión corporal a un lenguaje completamente servil.

—No, mi jefe, justamente era importante para mí apersonarme con usted para decirle los pormenores de la acusación que le metieron a su hijo.

—¿Es un asunto grave, comandante? —Javier se se sirvió un whisky, sin ofrecer nada a su interlocutor.

—Verá, jefe, daños y allanamiento —ajustándose el nudo de la corbata.

—¿Quién es el hijo de puta que denunció?

Podríamos quedarnos a ver toda la escena llena de zalamería del comandante y fanfarronería de Javier, que concluye con que el licenciado Arruza hace las llamadas pertinentes para desactivar el proceso judicial. Pero es mucho más divertido observar lo que está pasando en el área común.

—¿Problemas con la Ley? —preguntó Claus a modo de saludo cuando vio que Carlos se acercaba.

—En lo que podamos ayudar, no lo dudes. Debes saber que nuestro amigo Carlitos siempre podrá contar con nosotros —añadió Lucas.

Carlos no pudo contener la risa pero, aun así, fingió un semblante serio y les agradeció. Después les preguntó por qué no cargaban con su famoso libro. Los Kohlmann solían ir a todos lados llevando bajo el brazo el libro de los récord Guinness. Cuando no estaban en tareas de impartición de justicia, los gemelos usaban su tiempo para realizar cualquier cantidad de prácticas extrañas que, aseguraban, algún día estarían inscritas en el gran libro de los récords y ellos serían las personas con más apariciones en el libro.

—Luperca lo destrozó —respondió uno con total seriedad y el otro completó con mayor solemnidad—, no fue sancionada por su acto. Fue un accidente.

Los gemelos se despidieron, aduciendo que tenían trabajo que planear. Se disculparon por abandonar el agradable convivio entre amigos y se internaron en su «centro de planeación de operaciones», en el patio trasero de su casa. Dejaron un silencio prolongado y completamente anormal entre Carlos y Lucía. Un silencio que, sin embargo, los unía.

Refugio Eiffel

Semanas antes, cuando Carmina Barberini aterrizó en el aeropuerto Benito Juárez, recuperada totalmente de la operación dental no podía esconder la mazorca reluciente que ahora tenía por sonrisa al ver la felicidad de su nieto mayor. Rodrigo, parado al pie de la banda eléctrica donde giraban las maletas del vuelo procedente de París y de otro más de Los Ángeles, esperaba el arribo de su nueva Fender mustang, una guitarra que su abuela le había comprado en Milán y que, a pesar de tener un diseño muy ordinario, él veía como la guitarra eléctrica más hermosa de la historia. Rodrigo bromeaba con que su nuevo instrumento musical había sido adquirido en el cuadrilátero de la moda de la ciudad italiana, por ser una pieza elegante y reafinada. Más tarde, cuando Carlitos vio la dichosa guitarra, pensó que el entusiasmo de su hermano era patético y recordó al célebre luchador Blue Demon, cuya máscara se parecía mucho a la guitarra azulada de Rodrigo.

Los viajeros salieron del aeropuerto con dirección al sur de la ciudad. En el viaducto a la altura del cruce con Insurgentes—mientras Pedro, el chofer, sintonizaba sin éxito una estación de rock and roll para complacer a Rodrigo— Carmina se cuestionó su asimétrica bondad como abuela. No le había comprado nada a su nieto menor, ni siquiera un souvenir de aeropuerto tenía para regalarle a Carlitos.

—Vamos a pasar a Perisur, antes de ir a dejar a Rodrigo —ordenó la abuela, ante la mirada obediente de Pedro, reflejada en el retrovisor.

—¿Y eso, nona?

—Olvidamos comprarle algo a tu hermano. ¿Qué le puede gustar?

Rodrigo, sin mucha atención en el verdadero propósito de la visita al centro comercial, imaginó la tocada en la que estrenaría su nueva guitarra.

—Nona, ¿me compras unas cuerdas de acero inoxidable en Veerkamp?

—Sí, mi cielo, pero ayúdame a pensar en un regalo para tu hermano.

Al llegar al conglomerado de tiendas, Rodrigo dirigió los pasos de su abuela a la segunda planta, donde estaba la tienda de instrumentos y objetos musicales. Después de la adquisición deseada, el joven propuso que la abuela le comprara unos pantalones de mezclilla Levi's a su hermanito.

—Están de moda, nona. Antes tenías que viajar a Estados Unidos para comprarlos.

—Pero… ¿cómo justificamos que le trajimos unos vaqueros gringos desde Europa? Acuérdate que es el regalo del viaje.

Mientras los dos pensaban qué comprarle a Carlitos los alcanzó el futuro. Una tienda de artículos eléctricos anunciaba en vitrina la nueva Sony Handycam video 8, que la abuela no dudo en comprar con el único cheque de viajero que le había sobrado del viaje.

—Así Carlitos será el encargado de grabar los próximos viajes y eventos. Él dice que quiere ser cineasta, ¿no es así?

—Es un gran regalo, nona.

Rodrigo, más que en la felicidad de su hermano, fantaseaba que podría grabar su próxima tocada con la nueva cámara de Carlitos y quizá hasta un par de videoclips de The Lesbians.

—Además, como lo estás pagando con dinero del viaje, no mentiremos al decir que es un regalo adquirido en el viaje —le guiño un ojo a su abuela.

Efectivamente, había sido un gran regalo. Carlos no paraba de agradecer el obsequio de la abuela. Carlitos le dirigía unas palabras de gratitud a su nona todos los días y le contaba sobre sus proyectos fílmicos: el videoclip de una de las canciones del grupo de Rodrigo —que ni tardo ni perezoso le había inyectado rápidamente la idea de que fuera el director de sus videoclips—; un cortometraje sobre la vida triste de dos gemelos, uno se muere en un accidente y el otro lleno de tristeza coquetea también con el suicidio

—que ya tenía semiescrito y apalabrado con los Kohlmann para que lo actuaran— y, finalmente, un documental sobre la vida en su pueblo, vista de la cintura para abajo. Solamente filmaría pies.

***

Lucía estaba descalza, con los pies sucios, la tierra había encontrado guarida entre sus dedos y las plantas de sus pies ya eran por completo negras. Abrazaba sus piernas, formando una posición volcánica con su cuerpo. Carlitos tomó asiento junto a ella y prendió la cámara. Filmó los pies sucios en primer plano y en segundo plano se veía el libro de Virginia Woolf, abierto y recargado boca abajo sobre el pasto. Ingenuamente, Carlos pensó que esa aproximación cinematográfica rompería la ley del hielo a la que su amiga lo había condenado, pero no fue así. Lucía prendió un cigarro y volteó la mirada al cielo, vio el ramificado interior del pino que tanta sombra regalaba en los días insoportables de calor, su lugar favorito de aquel condominio de nueve casas, y mantuvo el silencio.

—Perdón. De verdad, perdón.

—¿Por qué te tardaste tanto? —Lucía seguía un tanto escéptica.

—No sé. No sabía cómo hacerlo.

Carlitos se quedó callado y Lucía recordó la primera vez que él le había pedido perdón. Se habían visto dos o tres veces, después del día en que los Arruza llegaron a vivir al condominio, y se llevaron bien de inmediato. Lucía le provocaba una cierta seguridad a Carlitos, que era bastante tímido, acaso porque era la única persona de su edad en el entorno, aunque ella se empecinaba en hacer la distinción de cuatro meses de diferencia entre la vida de ambos. Lucía nació en los setenta y Carlitos en los ochenta.

En uno de los primeros encuentros, Lucía invitó a Carlitos a explorar la zona. En aquellos años, en su calle sólo estaban construidos un par de condominios, incluido el suyo, pero la gran mayoría de los terrenos eran llanuras que alguna vez fueron huertas y que ahora estaban repletas de materiales de construcción a la espera de levantar una burbuja inmobiliaria que flotaría muchos años. Los dos pequeños de pantalón corto, quizá de siete años ambos, subieron a sus bicicletas y esquivaron la guardia de Efrén, que se había distraído cortando el pasto de la casa 5 y no advirtió su partida. La pareja de amigos pedaleó a destiempo; ella iba con seguridad al manubrio sorteando a máxima velocidad las subidas y bajadas pedregosas de aquella montaña en donde se desarrolló el pueblo. Él, por el contrario, iba a ritmo pacato, tambaleando, con las piernas trémulas y las palmas de las manos le chorreaban de sudor. En la mente tenía una certeza: en cualquier momento algo malo me va a pasar. Carlos alcanzó a Lucía, o más bien Lucía se dejó alcanzar por Carlos, en la explanada de un edificio en cuya entrada se leía un letrero escrito con pintura deslavada en un enorme bloque de cemento: Centro Femenil de Readaptación Social.

Rodrigo le había contado a Carlitos, un par de días antes de mudarse a su entonces nueva casa, que había habido una fuga en la cárcel; que las mujeres que se habían escapado eran, curiosamente, las condenadas por infanticidio; que las asesinas de niños estaban sueltas y rondaban los alrededores del pueblo en espera de encontrar a sus próximas víctimas.

—¡Lucía! —gritó el niño haciendo señas para que su amiga se detuviera por completo.

Lucía retrocedió con un control de la bicicleta que Carlitos envidió, y se emparejó con su compañero.

—¿Lucía, tú sabías que de aquí se escaparon un montón de asesinas de niños?

—No, Carlos Arruza. Aquí no hay asesinas —sintió ternura por su amigo miedoso—. Mi mamá trabaja aquí.

—¿Tu mamá es policía? —preguntó Carlitos sorprendido por descubrir la enorme cantidad de piquetes de mosquitos que tenía Lucía en las piernas, más que por la profesión de su madre.

—No. Es psicóloga. Trabaja aquí con los niños que viven aquí con sus mamás.

Carlitos no tenía muy claro cuál era la función de una psicóloga, algo creía entender sobre el tema, pero en realidad su conocimiento era muy limitado.

—¿Sabes lo que hace una psicóloga? —Lucía leyó las dudas de su mente. Era como un poder especial que ella tenía sobre él.

—Pues, ayuda a los niños con sus problemas.

—Sí, exactamente. Justo eso hace una psicóloga.

Carlitos se regocijó en su exitosa respuesta y respirando aires triunfales le propuso a Lucía ir más lejos, a algún lugar al que nunca hubieran ido. La niña no lo pensó dos veces y emprendió la aventura. Se adentraron en la calle que conducía hacia el centro del pueblo, es decir a la iglesia del pueblo. Es verdad que todos los caminos conducen a Roma, o por lo menos a las embajadas que Roma tiene en cada pueblo. Cruzaron la tienda de abarrotes que atendía el Borrego, un hombre de mediana edad, frustrado por la monotonía de su vida, que tenía la característica definitoria de ser el abastecedor oficial de alcohol a todos los menores de edad del pueblo. Se sabía bien que el Borrego vendía con sobreprecio inversamente proporcional a la edad; entre más alejado de la mayoría de edad estuviera el cliente, más caro vendía las cervezas, el vodka o el tequila. Un criminal hecho y derecho, de ésos que ya no son fáciles de encontrar. Cruzaron también la heladería La Tabasqueña y se revisaron las bolsas en búsqueda de algunas monedas que les permitieran comprar un par de paletas de Coca Cola. Lucía estaba vacía y Carlitos, sin saber el origen de esos ahorros, encontró un billete doblado en la bolsa trasera de sus bermudas. Eran dos mil pesos en un papel moneda que dibujaba a un Justo Sierra con mirada retadora y, a su lado, la biblioteca central de la UNAM. Las paletas costaban mil quinientos pesos cada una, eran años en los que todavía cualquier mexicano podía ser millonario sin dejar de ser pobre al mismo tiempo, antes de que el señor presidente borrara de un plumazo tres ceros en las cuentas bancarias de toda una nación. Carlitos ofreció quedarse sin paleta y Lucía le respondió que no fuera menso, así se lo dijo: «No seas menso, Carlos Arruza, compramos una y la compartimos. Tú la chupas de un lado y yo del otro». A Carlitos le pareció una genialidad que a él nunca se le hubiera ocurrido. Con la paleta envuelta en una bolsa que les daba pocos minutos antes del deshielo, por el calorón que caía sobre sus cabezas, subieron a las bicicletas con la consigna de encontrar algún lugar cercano de sombra donde disfrutar la refrescante compra. Doblaron en la calle Aldama con rumbo desconocido para ambos, vieron a lo lejos las puertas del panteón de Santa María y cerca una pequeña colina de tierra con un árbol junto a una torre eléctrica. Se instalaron en las raíces queloides de aquel árbol para beneficiarse de la sombra y alternaron cinco lengüetazos por cinco lengüetazos a la paleta, Lucía se adueñó del espacio:

—Este será nuestro punto de reunión —miró la instalación tubular que conducía buena parte de la energía del pueblo—, lo llamaremos la torre Eiffel. No, mejor: el árbol Eiffel.

Carlitos la veía con atención y asentaba con la cabeza.

—Sí, nuestro escondite secreto será el árbol Eiffel. Prométeme que no le dirás a nadie de este lugar, Carlos Arruza.

—Lo prometo.

Lucía exigió que cada uno escupiera en su propia mano y las chocaran para sellar el pacto con saliva. Una formalidad contractual que tiene su fuente de legitimidad jurídica en la costumbre más remota de los primeros pueblos sobre la faz de la tierra.

Los fundadores del escondite secreto raspaban sus iniciales con una piedra en el tronco del árbol, mientras una procesión, a pocos metros de ellos, salía del panteón de Santa María con cánticos desafinados. En las primeras filas de la comitiva de luto caminaba doña Trini, la Sargento, que los reconoció a la distancia y se acercó a ellos.

—¿Ustedes qué hacen aquí, chamacos?

—Venimos con mi mamá al panteón —mintió Lucía—, pero nos pidió que la esperáramos aquí afuera.

Doña Trini vio las bicicletas acostadas y se despidió con la mirada escéptica.

—Estuvo cerca —dijo Carlitos con la voz bailando en tonos agudos.

—Esa vieja chismosa. Hay que tenerle cuidado, Carlos Arruza, puede que haya descubierto nuestra guarida.

El consumo alternado de la paleta fue un éxito. Una dinámica justa en la que también compartieron mucha saliva sin la necesidad de estrechar las manos. Cuando terminaron, Lucía colocó el palito de la paleta entre sus dedos pulgar e índice y con un movimiento del dedo más largo impulsó el vuelo del cilindro de madera.

A Carlitos ese pequeño detalle le fascinó, como le fascinaba todo lo que hacía y decía su amiga, su mejor amiga, pues fue en ese preciso momento y lugar que Carlos decidió que ese era el apelativo para Lucía: su mejor amiga.

Lucía subió a su bicicleta y dijo que regresaría pronto, que iría en búsqueda de un lugar en el que pudiera hacer pipí. Le pidió a Carlitos que la esperara en el árbol Eiffel. Cuando la niña desapareció, Carlitos distrajo su mente intentando imitar el movimiento de dedos de Lucía para impulsar piedritas del suelo, por eso no vio cuando su madre llegó al escondite secreto y con una orden chasqueando los dedos lo hizo subir al coche. Marisol tomó la bicicleta infantil y la metió a la cajuela. Lucía regresó minutos después y no encontró ningún rastro de quien la llamaba su mejor amiga. Esperó media hora pensando que quizá Carlitos había ido en búsqueda de un baño y regresaría. No volvió. Se sintió abandonada. Antes de subirse a la bicicleta para regresar a su hogar, Lucía tomó una piedra y rayó las iniciales escritas en el árbol. Un acto solemne de clausura de aquel refugio secreto, tan fugaz como importante para ella.

Carlitos no dijo ni media palabra en el trayecto de regreso a casa. Al llegar, Marisol le agradeció a doña Trini, quien simulaba barrer la entrada de la casa 2 y que en realidad sólo esperaba conocer el desenlace de la aventura fallida.

—Te subes a tu cuarto y te quedas ahí hasta que tu padre llegue y te levante el castigo —ordenó la madre.

Carlitos obedeció con la cabeza baja pero sin dejar de sonreír, lo que confundió a su madre que con un grito certero añadió:

—En este preciso momento y me quitas esa risita burlona.

No había burla, Carlos ni siquiera era consciente de que su semblante no correspondía a sus sentimientos. Pensó que tal vez el problema era que sus dientes frontales eran muy grandes. Sí, el problema era que la gente no entendía que él era dientón y no un niño permanentemente feliz.

Lo castigaron dos semanas con un estricto encierro, sin poder salir de su casa más que para la escuela y las actividades familiares. A Lucía, por el contrario, no le quitaron ninguna libertad; Luciana ni siquiera se enteró de la fuga de su hija, la pequeña regresó sin problemas después del abandono de Carlitos. Seguramente, de haberse enterado, la madre de Lucía se hubiera sentido más orgullosa que preocupada por su hija. La valentía y la resiliencia eran virtudes muy valoradas ante los ojos de Luciana.

Cuando se reencontraron después del castigo, una tarde de martes en la que Carlitos platicaba con Efrén sobre sus respectivas comidas favoritas —al primero le gustaban los tacos sobre todas las cosas, el segundo tenía la ilusión de probar la pasta italiana, pues imaginaba que ésa sería su comida favorita—, Lucía se acercó a la plática con absoluta naturalidad y escuchó la conversación.

—Un día te voy a invitar a comer a casa de mis abuelos, Efrén, ahí todos los días cocinan *spaghetti*, *tagliatelle* o *gnocchi*.

El joven portero se enterneció con la oferta del niño.

—No sé qué es todo eso Carlitos. Pero lo voy a investigar. Yo un día te voy a traer comida de casa de mis abuelos, que hacen guisados que se pueden comer en taquitos.

De ambas promesas sólo una se cumplió, no es difícil imaginar cuál. Sólo diré que Carlitos fue muy feliz el día que probó el chicharrón en salsa verde.

—Y tú, Lucía, ¿cuál es tu comida favorita? —preguntó Efrén para incluir a la niña que hasta el momento sólo escuchaba el diálogo.

—La mía es la comida compartida con mis amigos —respondió en un tono mordaz que a Carlitos le heló todo el cuerpo.

Efrén le dio la razón a la niña, sin descubrir el reclamo disfrazado que se reveló con el siguiente comentario de Lucía:

—Porque a los amigos nunca se les abandona, ¿verdad, Efrén?

Carlitos dio una larga y cantinflesca explicación sin que Lucía lo volteara a ver a los ojos. Efrén jugando un papel de mediador eficiente, les dijo que no valía la pena que se enemistaran por esa situación que había sido un problema de comunicación en el que los dos habían cometido errores, empezando por salirse sin el permiso de sus padres. Como solución conciliatoria les propuso que plantaran un árbol juntos, un espacio que creciera al mismo ritmo que su amistad, en el que pudieran siempre reunirse y comunicarse, un lugar en el que podían fundar un nuevo escondite para ellos, dentro del condominio. Él guardaría el secreto, les conseguiría un árbol y les ayudaría a plantarlo. Así fue, plantaron un pino en las inmediaciones del área común, en el terreno de la entonces desocupada casa 9.

Lucía extendió las piernas y desdobló la figura volcánica que construían sus extremidades. Carlitos dejó de filmar. Apagó la cámara y la puso en el pasto junto al libro de Virginia Woolf. Tocándose el cuello se acomodó la camisa, o quizá la voz, o quizá el carácter.

—Sentí celos. No soporto que te guste Paco.

Lucía le dio una profunda fumada a su cigarro, en la que sintió algo que revolvía el interior de su pecho, algo mucho más espeso y trascendente que el humo y la nicotina, algo que nunca había sentido en su vida. Con una sonrisa exhaló una inagotable fumarola y, sin encontrar mejor forma para comunicarse, le tomó la mano a Carlos y la apretó tan fuerte como pudo.

El librero estaba acomodado por el signo zodiacal del autor. Una peculiaridad que reflejaba muy bien la personalidad de Luciana, pero un orden casi imposible de descifrar sin explicación de la dueña o su hija. Entre los libros también había fotografías, la mayoría de Lucía a todas las edades, algunas de los padres de Luciana, otra con sus compañeros de trabajo en el reclusorio femenil donde trabajó casi una década y conoció al padre de su hija, que en ese momento era el jefe del jefe de su jefe, y el mismo mujeriego de siempre. Y otra más en blanco y negro, de su época universitaria: se veía guapísima, con una larga y ondulada cabellera sujetada por una corona de flores encima de una cara con gesto orgásmico, vestida con una blusa de algodón que le marcaba los pechos y los pezones, flanqueada por dos hombres imberbes, uno fumaba un cigarro y el otro sin camisa, agarraba una bandera que seguramente dibujaba el símbolo de la paz.

—Ésa es en Avándaro.

—¿En dónde?

—En el festival de rock, en Avándaro.

Carlitos nunca había escuchado de la existencia del festival de Avándaro hasta ese momento en el que la belleza juvenil de Luciana había atrapado por completo su atención.

—Estaba muy guapa, ¿no? —Lucía quería provocar a su amigo—. Todavía lo está. Mi mamá es muy guapa. Pero ya se viste mucho más tapada que antes.

Al darse cuenta de que Lucía había descubierto la zona precisa de la foto en la que su mirada se concentraba, Carlitos sacudió la cabeza como buscando que sus pensamientos se resbalaran de su cerebro y fingió que no había escuchado con atención el último comentario de su amiga. Pasó su dedo índice por el lomo de varias decenas de libros, recorriendo con la vista los títulos y haciendo sonidos de falso conocimiento y genuino interés.

Lucía estaba sentada en el escritorio de su madre, revisando la cámara de Carlitos y pensando en los celos que su amigo había confesado. Dejó la cámara sobre el escritorio, se puso de pie y caminó sosteniendo el libro de Virginia Woolf hasta donde estaba Carlitos, lo reincorporó al librero entre un libro de Jorge Ibargüengoitia y otro de Paul Auster. Con sutileza rozó la mano de Carlitos que se encontraba muy cerca, sobre un libro de Julio Verne y después se acercó a menos de un palmo de distancia y le buscó la mirada. Carlitos, sintiendo la respiración de Lucía esquivó su caricia, dio un paso hacia atrás y, envuelto en una camisa de angustia, habló:

—No entiendo el acomodo de los libros.

Lucía regresó al escritorio aparentando la mayor espontaneidad y sin ver a su amigo contestó:

—Están por orden zodiacal.

—O sea por fecha de cumpleaños.

—No, por su signo zodiacal. O sea, sí son fechas de cumpleaños parecidas, pero están agrupados en doce grandes bloques zodiacales y ya.

Carlitos tomó un libro al azar y empezó a leer la última página. Solía hacer eso desde que escuchó a su abuelo decir que los buenos libros son aquellos que, sin importar que se conozca el final, guían nuestra atención hasta él.

—¿Carlos Arruza, te gusto? —Lucía se mordió la mitad del labio inferior y bajó la mirada al suelo.

La pregunta tuvo el mismo efecto que si Lucía hubiera aventado una cuerda y hubiera lazado la cabeza de Carlos, para después jalarla y ponerla de frente a ella. Carlitos intentó disimular la sonrisa que empezaba a crecer inexplicablemente en su cara, hizo un esfuerzo de concentración e intentó poner el gesto de mayor seriedad del que era capaz. Sintió, entre los hombros y el cuello, la tensión de sus músculos trapecios que inmovilizaron su motricidad. Dio un largo respiro y exhaló una respuesta cuyas palabras se quedaron ahogadas en su boca, como si la lengua se le hubiera entumecido. Empezó a negar con la cabeza, sin poder explicar que ese movimiento no atendía a la pregunta, sino a una reacción de frustración ante la incapacidad, por miedo, o por lo que fuera, de no poder responder categóricamente un sí. Volvió a tomar aire y vocalizó con dos trompetillas de labios que lo recargaron de seguridad. Lucía lo veía expectante, sin parpadear, con toda la paciencia que le suponía saber que para Carlitos una pregunta de esa magnitud bien podría ser causa de un infarto.

Se disponía a gritar a los cuatro vientos que estaba enamorado de Lucía; que no tenía una explicación del cómo había sucedido; que no sabía el momento cuando empezó a ver a su mejor amiga de esa manera tan diferente; que no entendía nada del amor pero sabía todo sobre él, porque lo sentía; que no deseaba que ese momento terminara nunca y que, sin embargo, se sabía incapaz de gritar todo eso; que el miedo, incluso siendo menos poderoso que el amor, lo controlaba. Se le enrojecieron los ojos, pero no explotaron las lágrimas. La sonrisa resplandeció y fue imposible de esconder. Lucía se puso de pie y antes de que pudiera abrazarlo, se abrió la puerta del cuarto y entraron Luciana y Everardo Echavarría, sus padres.

El doctor abrazó efusivamente a su hija, mientras Luciana le sacudía cariñosamente la cabeza a Carlitos. Alternaron los saludos y el doctor le dejó a Carlos la mano punzante después de un fuerte apretón.

—¿Cómo están tus papás?

—Como el país, doctor. Muy bien —respondió el joven, todavía con el libro que había tomado al azar en las manos.

A Lucía le sorprendía la inteligencia de Carlitos para relacionarse con los adultos. Sus inseguridades se circunscribían a expresar sus emociones, pues con la socialización cotidiana era bastante ágil.

El doctor Echavarría sonrió y le dio dos suaves cachetadas a Carlitos, que sintió la mano robusta del padre de Lucía como dos mazazos en la cara.

—Dile a tu padre que me llame. Es importante.

—¿Qué lees, Carlitos? —interrumpió Luciana intentando descubrir la tapa del libro que el adolescente sostenía en las manos.

Carlitos cerró el ejemplar y leyó el título: *El silencio que nos une*, levantó los hombros y con cara de desconocimiento se los mostró.

—Ah. No leas eso, es una novelita para señoras y maricones —dijo el doctor Echavarría.

Luciana refunfuñó.

—A mí me gustó mucho. Te lo presto, Carlos, y luego me cuentas qué te pareció.

Carlitos agradeció el gesto y le preguntó a Lucía si quería ir al área común. Luciana vio su reloj de muñeca y dirigiéndose a su hija dijo:

—¿No se suponía que ibas a ir al cine con Paco?, ya son las seis.

Lucía miró a Carlitos, que se quedó congelado mientras, con una precisión fúnebre, sonó el timbre de la casa.

No nos quedaremos a ver el momento en el que Carlos le estrecha la mano a Paco. Ni cómo la búsqueda de las escrituras de la casa de Luciana, en los archiveros de su oficina/biblioteca, termina en una escena sexual entre ella y el doctor Echavarría. Mejor abriremos una elipsis que le dé dignidad a esta historia.

Los gritos de Pepe Figueroa eclipsaban los comentarios serenos de Luis Pérez de los Reyes. El vecino con apellido áulico había ido a ofrecer disculpas por el comportamiento de su mascota y a solicitar que los padres de Pepito tuvieran mayor cuidado con los juguetes que le compraban a su hijo, pues había encontrado rastros de artefactos de pólvora en su jardín trasero y que, aducía, el niño había lanzado en actitud provocadora contra el perro, antes de que éste se escapara de su hogar y lo mordiera.

—No, maestro, el que acusa tiene la carga de la prueba. Así que demuéstrame que fue mi hijo o te rompo la madre.

—Pepe, yo no te estoy faltando al respeto, te pido que tú no lo hagas.

—Sí lo estás haciendo, hablando de mi hijo. Encima de que tu pinche perro lo lastimó. La próxima vez lo mato.

—Hay muchos testigos y no es la primera vez que Pepito juega con pólvora en el condominio.

—Ya te dije, maestro. Y ya me estás colmando la paciencia.

—Sabes qué, tienes razón, tú eres un hombre cabal y de leyes, resolvamos nuestro conflicto ante las autoridades y conduzcámonos con civilidad. Eso es todo.

—Tú tráeme a la autoridad que quieras. Si quieres trae al presidente de la República, pero ya no me estés chingando, cabrón.

Carmina y Antonieta espiaban la conversación de los vecinos desde el jardín trasero de la casa 4, desde donde se abría un angosto campo de visión de la entrada de la casa contigua.

—Es un verdadero majadero el tal Pepe —dijo Carmina.

—Uy, señora, ese señor se ha peleado con todo el condominio. Sólo no se mete con el señor Javier porque sabe con quién sí y con quién no.

—Pobre de la esposa, ya me imagino el infierno en el que debe vivir.

A pesar de que el léxico de Carmina Barberini era el de cualquier señora del Pedregal, su pronunciación delataba su origen. En los lapsos de incertidumbre que había sufrido en las últimas semanas, una de las cosas que más le frustraban era la pérdida del idioma español. Las palabras se traducían en el trayecto de la cabeza a la boca. Las pensaba en español, pero sólo podía verbalizarlas en italiano. Le asustaba saber que con la enfermedad perdería la mitad de sus mundos y la mayoría de sus días.

Carmina observó a Antonieta durante un par de minutos, en los que ésta le rehuyó la mirada.

desorientado que pasaba las mañanas y las tardes encerrado en la universidad, sin amigos. Le enseñó la vida nocturna; le enseñó las mejores librerías, cafeterías y salas de música; le enseñó los códigos sociales para ser aceptado en Italia y le enseñó, también, cómo enamorar a una mujer, sin imaginar que enamoraría a la suya. Cuando Carmina y Jaime iniciaron su amorío incógnito, Gianlugi Zaffaroni no se dio cuenta de nada o no quiso darse cuenta de nada. Fue la última persona en todo el norte de Italia en darse por notificado de la traición. La noche en que Carmina reunió las agallas —que Jaime nunca tuvo— para confesarse y romper su relación con Zaffaroni, el muchacho italiano parecía sosegado. Cenaron en la buhardilla que el joven italiano tenía como casa. Abrieron un vino de la región del Piamonte y él propuso un brindis por el verdadero amor, que se prolongó en un segundo brindis por la libertad amorosa, al que le siguió un tercer brindis por el valor del perdón, luego vino un cuarto brindis por la amistad. Abrieron una segunda botella para el quinto, sexto y séptimo brindis que diluyeron su significado en conceptos vacíos como sus copas de vino. Carmina se sintió alcoholizada y anunció su retirada, pero Gianlugi la retuvo y terminó brindando solo, por las despedidas. La sujetó con serenidad, la condujo a la cama ofreciendo un espacio para el buen descanso, la muchacha cedió a la petición y lo único que durmió, durante muchos, muchísimos años, fue el secreto de una violación que engendró un hijo que Gianlugi nunca conoció.

—Jaime no es el padre biológico de Rafa. Y ahora te toca a ti.

Antonieta no entendió por qué Carmina le relató el más comprometedor de sus secretos. Cualquiera que hubiera sido la razón, lo cierto es que le produjo la confianza y el impulso necesario para abrir también su acongojante secreto.

—Ay, señora, le voy a contar una verdad que me desprotege...

Quizá fue porque no aguantaba más la frustración de silenciar su voluntad a cambio de la miseria de estabilidad económica en la que vivía.

—Estoy esperando aliviarme, señora Carmina.

Porque la vida es así. La tranquilidad de nuestro pueblo, que se dice orgullosamente mestizo, tiene costos muy altos que pagan, en última instancia, los negros.

—Estoy embarazada, señora.

Porque el desamparado siempre es el primer condenado al sacrificio.

—Fue un descuido mío, señora.

Y con la sangre del sacrificado se lava la cara el verdugo.

—Un descuido mío con el joven Rodrigo, señora.

Ninguna de las dos mujeres notó que la privacidad de sus respectivos pecados relatados estaba vulnerada desde el inicio de sus confesiones, pues Carlitos espiaba a quienes, minutos antes, habían espiado a los vecinos, disimulando su presencia con la lectura del libro que le prestó Luciana, en el que leyó la siguiente frase: «el final de la infancia es una nueva infancia».

Carmina dio tres palmadas en la espalda de la mujer negra y en un italiano amargo, como el café que tanto extrañaba de esa tierra mediterránea, acaso fingiendo demencia, suplicando poder olvidar el secreto, dijo: *Che Dio ti assista.*

Idus de marzo

En tiempos de la iniciática Roma monárquica, el calendario comenzaba en el mes dedicado al dios Marte, deidad de la guerra y padre de Rómulo y Remo. Lo seguía el mes de la apertura primaveral de las flores: *Aprilis*, el mes de la diosa Maia y del dios Juno. Posteriormente seguían los meses denominados, en secuencia, como quinto, sexto, séptimo, octavo, noveno y décimo. Se dice que fue Numa Pompilio, el segundo de los siete reyes romanos, quien extendió a doce meses el calendario de su pueblo al añadir los meses *Januarius*, en honor a Jano —el dios de las puertas, como simbolismo de los comienzos y los finales—, y *Februarius*, mes de las hogueras purificadoras que dejaban lista la tierra para un nuevo ciclo agrícola. La primera luna llena llegaba con imprecisión el día quince del primer mes del año.

Siglos antes, la cultura egipcia, intentando descifrar el ciclo hidrológico del río Nilo, ya había descubierto que el calendario solar se reiniciaba cada trescientos sesenta y cinco días. Consciente de la sabiduría milenaria del pueblo egipcio, Julio César invitó al experimentado astrónomo alejandrino Sosígenes para que lo asesorara en una gran reforma calendaria. De los conocimientos del también filósofo nacido en Alejandría deriva lo que hoy conocemos como año bisiesto. El calendario juliano estableció un año de trescientos sesenta y cinco días, repartidos en doce meses, y la incorporación de un día adicional, en el mes de febrero, cada cuatro años. La adaptación del calendario diseñado por Sosígenes duró un par de años en los que se sumaron meses y días extraordinarios. En el año cuarenta y cuatro antes del nacimiento de Cristo se instauró el primer año ordinario del calendario juliano; ese mismo año, durante la primera luna llena, el quince de marzo, Julio César fue asesinado por manos amigas. En su honor, Marco Antonio propuso llamar Julio al quinto mes del año.

Sentados bajo la sombra del pino, en el pasto del área común del condominio, Carlitos le explicaba a Lucía el origen del calendario gregoriano que hoy rige nuestros días. No le dijo que todos esos datos, que lo hacían parecer un erudito precoz, los había sacado en su totalidad de la novela que Luciana le había prestado. Lucía escuchaba con atención y cada tanto interrumpía con buenas deducciones:

—Por eso en los Caballeros del Zodiaco empiezan con Aries y luego derrotan a Tauro, ¿te acuerdas? —apeló a la caricatura favorita de ambos que durante años les dio horas de juegos y diversión.

—Y también, por ese orden, el librero de tu mamá empieza con los libros de los escritores nacidos en marzo y abril.

El tema del que en este momento hablan los adolescentes de esta historia es increíble. La relación secuencial de los signos zodiacales, efectivamente, comparte correspondencia con el calendario juliano; incluso mayor que la relación entre el movimiento de traslación de la tierra con las constelaciones del zodiaco. Por ejemplo, mientras la posición del sol, visto desde nuestro planeta, transita la constelación de Virgo, el calendario astrológico no se encuentra en el signo de Virgo, sino en el de Escorpión. Pero no divagaré más al respecto, mejor escuchemos el nuevo plan que tienen entre manos nuestros personajes.

Carlitos llevaba colgada al cuello su cámara. Lucía batallaba con la envoltura de una paleta de caramelo, mitad rosa, mitad roja, con forma de mano. La abrió y leyó un mensaje profético: «El amor anda cerca».

—Hoy tocan Rodrigo y Paco en una fiesta. Es en un terreno baldío, muy cerquita de aquí.

—No sabía.

—Pues por eso te lo estoy diciendo. Quieren que los filmes.

—Que me lo pidan ellos.

—A uno no lo ves y al otro no lo quieres ver. Por eso me dijeron que te dijera.

—No creo que me dejen ir.

—Pero tus papás ni están.

—Pero están mi nona y Antonieta.

—Te escapas o pides permiso y te vienes conmigo, mi mamá nos lleva y nos recoge.

Carlitos ponderó los escenarios posibles. Primero definió si quería ir. Sí. Por acompañar a Lucía estaba dispuesto a soportar el sonido grotesco de la batería de The Lesbians. Después decidió si pedir permiso o escapar. La primera opción aceptaba gradualidad, si no lo dejaban ir tenía intacta la segunda opción. Resolvió hablar con su madre, quien se encargaba de gestionar ese tipo de permisos en el hogar. Diría como argumento persuasivo que asistir a esa fiesta sería una buena oportunidad para hablar con Rodrigo y convencerlo de volver a casa. Se instalaron en la cocina para hacer la respectiva llamada telefónica y, contra sus pronósticos, su madre aceptó con la única condición de que regresara antes de las doce de la noche. Marisol, dijo, hablaría con Luciana para darle las gracias. Carlitos no podía creer la facilidad con la que había conseguido ese permiso, su madre debía estar de muy buen humor para no haber puesto ningún pero.

Javier había tenido que viajar a Tijuana por motivos políticos y Marisol estaba atendiendo la invitación, que habían aceptado semanas antes, de pasar el fin de semana en la nueva casa de descanso que sus compadres habían adquirido en Cocoyoc, en uno de esos fraccionamientos amurallados, con campo de golf, minisúper al interior y un estricto filtro de acceso para la servidumbre: «Los choferes y las sirvientas deberán usar, en todo momento, su identificación en un lugar visible», rezaba un letrero en la puerta de entrada del personal de servicio. Pero la lógica indicaba que la estancia en aquella casa con alberca y mesa de ping-pong sería una fuente inagotable de envidia para Marisol. No había razones para suponer que estaría de buen humor. ¿Acaso Javier ya había conseguido empleo? O, tal vez, se trataba de una excesiva ingesta de margaritas o mojitos. Carlitos reflexionaba en esas posibilidades del inexplicable ablandamiento materno, mientras Lucía lo abrazaba y brincaba con emoción. En un impulso borroso, ella lanzó un beso, como un picotazo de un pájaro carpintero, que él respondió con incertidumbre girando un poco la cabeza, por lo que el beso quedó sellado en la comisura derecha de sus labios. Una fracción de segundo después, o quizá segundos enteros, o tal vez minutos, Carlitos se elevó de puntitas para nivelar sus estaturas y embistió buscando la boca de Lucía, que dio un paso atrás y provocó el desbalance de su amigo. La adolescente, convertida en maga, tiró una bomba de humo y desapareció.

***

Días antes, en el televisor se escuchó la voz de Jacobo Zabludovsky anunciando el discurso del presidente de México sobre el atentado que, aseguraba el noticiero, había sufrido el licenciado Colosio en un acto de campaña. La voz silbada del presidente seguía un ritmo que podía marcarse en un compás: uno, dos, «hace unos momentos se ha cometido un acto infame», tres, cuatro, «se trata de un atentado contra un ser humano», cinco, seis, «contra un hombre noble», siete, ocho, «contra un hombre bueno» y uno, dos, «que busca servir a los demás y servir a su patria». La abuela Carmina balbuceaba injurias. Le decía a Marisol que la política en todos lados era la misma porquería, violenta y sanguinaria; que seguramente el presidente con esa cara de no matar una mosca era el responsable del acto. Javier, con un movimiento de mandíbula, le exigió a su esposa que controlara los comentarios de su madre. Carlitos escuchaba desde su cuarto la noticia, sin poner mucha atención en el libro que sostenía en las manos.

Desde el anuncio de la muerte del candidato, no había otra cosa en la televisión; a toda hora se transmitía la cobertura del trágico asesinato. Javier voló esa misma tarde a Tijuana. Tan rápido como Zabludovsky confirmó la muerte, el teléfono sonó en la casa de los Arruza. Era la voz del poder ordenando el viaje: «Serás mis ojos y mis oídos ahí».

Aquella semana transcurrió contra el tiempo, como si el magnicidio hubiera condensado los días y las horas, daba la impresión de que nada avanzaba. Habían pasado algunos días y cada vez había más chismes, rumores, escándalos y calumnias. En pantalla, una repetición interminable de los mismos avances que apresuradamente se dieron en voz barítona del Procurador General de la República a los medios de comunicación. El rígido funcionario de corbata, escoltado por una docena de señores de traje obscuro y bigote bien recortado, que fácilmente se podían confundir con Javier, aseguró que se había detenido al culpable en el lugar de los hechos: dos balazos, uno mortal, con una pistola de origen brasileño y, lo más importante, la confesión de culpabilidad del detenido. El caso parecía resuelto y, sin embargo, las especulaciones crecían y el papá de Carlitos no volvía.

La abuela Carmina y Antonieta escuchaban la declaración del procurador por décima vez en el día. Carlitos buscaba entre la ropa que su hermano no se había llevado al exilio autoimpuesto, alguna prenda que le sirviera para asistir a la fiesta. Descartó la posibilidad de disfrazarse de su hermano, pues Rodrigo era muy alto para su edad y Carlos muy bajo. El cuerpo de Carlitos —incoherente con sus pensamientos— seguía siendo el de un niño. Resolvió ponerse los únicos jeans agujerados que tenía, a pesar de que odiaba la marca de un dobladillo que iba cediendo terreno al paso del tiempo. Se calzó unos tenis Jordan que su abuela le había comprado dos tallas más grandes la Navidad antepasada y no había podido usar hasta ese momento, justo cuando estaban completamente fuera de toda noción de moda. Se puso una camiseta de los Pumas y, por encima, se enfundó una sudadera de jerga azul que había comprado en San Cristóbal de las Casas durante un viaje con su abuelo. Ésa era la única prenda con la que se sentía satisfecho. Anunció su retirada y la abuela Carmina le dijo que se veía muy guapo; mintió, pues en su cabeza orbitaba la urgencia de dotar de nueva ropa a ese joven que crecía sin gusto y sin estilo. Antonieta ofreció prepararle algo de cenar para que no se fuera con la panza vacía, pero Carlitos la rechazó, se colgó su cámara en el cuello y salió de la casa. Lucía seguía arreglándose en su cuarto y Luciana, con una taza en una mano y un cigarro en la otra, lo invitó a pasar a la cocina donde leía una revista científica a la que le habían caído gotas de café que parecían trazos pintados con una acuarela color ocre. Carlitos percibió un ímpetu explicativo en la mirada de Luciana, cuando ella revisó su vestimenta, pero no se habló nada al respecto. Para alejar la plática sobre su atuendo, Carlos se apresuró a decir que le había fascinado el libro y disertó sobre sus partes favoritas de manera crítica. Luciana se emocionó con la lectura de Carlitos y optó por regalarle el libro:

—Por lo que escucho, ese libro ahora te pertenece más a ti que a mí, así que es tuyo.

Antes de que el joven pudiera agradecer el regalo, Lucía entró a la cocina y dejó a Carlitos con los ojos abiertos y la boca cerrada.

—¿Nos vamos?

Se había maquillado, peinado y vestido de una manera que realmente le favorecía. Sus ojos color agua puerca resaltaban con el delineado grueso y las sombras obscuras que se había aplicado. Los labios y los pómulos también habían sido resaltados con un toque de pintura. Vestía una chamarra de mezclilla, propiedad de Luciana, y unos botines que le regalaban siete u ocho centímetros.

—Te ves muy bien —dijo Carlitos intentando salir de la parálisis.

—Te ves hermosa, hijita.

Lucía agradeció los elogios y apuró el ritmo de los demás dando algunas palmadas. En el corto trayecto a la fiesta no intercambiaron muchas palabras, casi todo el camino se escucharon los cantos desafinados de Luciana que replicaba una canción que sonaba en el radio y decía frases como: «Triste por no poder amarte… esclava soy de ti… amante valiente que vives en mí». Llegaron al destino de la fiesta a las ocho de la noche. Era una terracería con paredes de piedra y un portón negro donde se congregaban por lo menos una centena de jóvenes que hacían fila para entrar. Luciana les dijo que se cuidaran mucho, que no tomaran alcohol y que los recogería en ese mismo lugar a las once y media, ni un minuto más. Lucía trenzó del brazo a Carlitos y caminaron juntos, rumbo a la entrada. Cuando lograron estar al frente, un guardia de seguridad le negó el acceso a Carlitos, aduciendo que era muy joven para ingresar al evento. Lucía argumentó que era el encargado de filmar el concierto, que además era hermano del vocalista de la banda y que era de la misma edad que muchos de los que ya habían entrado a la fiesta. El guardia negó con la cabeza, dijo que no podía permitirle el acceso y pidió que ella entrara o se hiciera a un costado para liberar la entrada. Lucía cruzó la puerta y le prometió a Carlitos que iría en busca de Rodrigo para que se solucionara el percance. Carlos se quedó afuera observando la falta de originalidad que tenían aquellos jóvenes, todos vestían igual, uniformados bajo el prototipo de una moda desaliñada. Pensaba en la adolescencia como una etapa de anhelo de libertades en la que la mayoría de las personas, acaso sin darse cuenta, pierden su libertad por seguir los gustos impuestos por otros. A él no le pasaría eso, él no sería uno más del montón, no viviría de manera acrítica alineado a la moda de las masas. Mientras tomaba esas decisiones profundas e introspectivas, vio a unos cuantos metros de distancia la figura de Paco, que abrazaba una silueta femenina mucho más voluminosa que Lucía. Sin perder tiempo, Carlitos encendió su cámara y oportunamente capturó el momento en el que Paco se fundía en un beso con esa muchacha a la que también le pellizcaba una nalga. Su suerte había cambiado, pensó. Envalentonado se acercó a Paco para mostrar su presencia comprometedora y descubrió que la mujer que lo acompañaba era Natalia la Devora hombres.

—Hola, chiquitín —saludó Natalia, bajando la mirada a la altura de la bragueta de Carlitos, en un tono entre burlón y salaz. Le susurró algo al oído a Paco y ambos se rieron.

—Hola, me da gusto verlos... juntos —enfatizó en la última palabra.

Paco cambió la risa por una mueca y le estrechó la mano a Carlitos.

—Conseguimos que un amigo de Rulo filme el concierto, creímos que no vendrías. Pero igual, muchas gracias —arremetió Paco, señalando con el dedo índice la cámara.

Carlitos pensó en pedirles ayuda para que lo dejaran pasar, pero desechó la idea rápidamente y se despidió guiñando un ojo. Natalia y Paco cruzaron la puerta y se perdieron entre la multitud de jóvenes. Minutos después salió Lucía acompañada de Rodrigo, que saludó a Carlitos con un abrazo y una mirada juzgona de arriba abajo:

—¿Por qué chingados te vestiste así?

—Así, ¿cómo?

—Así como un pinche escuincle.

Lucía observaba el diálogo de los hermanos en silencio.

—Pues no tengo mucha ropa. Busqué en tus cosas, pero nada me quedaba.

—A ver aguántenme, déjenme hablar con este güey —y se alejó para hablar con el guardia de la entrada.

—¿Tú también crees que me veo como un niño idiota?

—No, a mí me gusta mucho tu sudadera —se rio Lucía.

Rodrigo regresó y se quejó de la intransigencia del hombre de la entrada. Abrevió con discreción el plan que solucionaría todo: se debían desaparecer unos veinte o treinta minutos y, sin que el guardia los viera, debían caminar cien metros después de la entrada, donde había otro portón por el que se podían saltar. Él los esperaría del otro lado.

—Lo siento, no hay nada que hacer —Rodrigo habló en un volumen altísimo para desorientar al guardia de la puerta—. Regrésense a la casa —se despidió y se metió a la fiesta.

Lucía y Carlitos caminaron en la dirección por la que llegaron y, a los pocos pasos de iniciada la caminata, descubrieron la cercanía que guardaba su antiguo y efímero escondite secreto: el árbol Eiffel. Fue Carlitos quien propuso que se instalarán ahí mientras ganaban tiempo para regresar a la fiesta. En realidad, buscaba un lugar que le ofreciera cierta intimidad para mostrarle a Lucía el video que acababa de grabar y, así, darle un tiro de gracia a Paco. Tan pronto como se sentaron, Carlos anunció que debía enseñarle algo que había decidido filmar en solidaridad con ella. Lucía se negó a ver el material cuando Carlitos anunció que se trataba de un juicio a Paco. Después de una breve esgrima argumentativa, Carlos se encaminaba al reconocimiento de la derrota, pero antes de renunciar por completo a su pretensión de gatillero, usó la carta más cursi y chantajista que encontró en su baraja de ideas:

—Por favor, hazlo por mí. Es algo de vida o muerte, para mí.

Lucía aceptó con escepticismo, movió las pupilas de los ojos hasta que desaparecieron en lo alto, como planetas que pierden su órbita natural, y con una mano impaciente le pidió la cámara a su amigo para pegar la vista en la mirilla.

La estrategia, finalmente, resultó ser un éxito, Lucía insultó a Paco de siete maneras distintas. Daba vueltas alrededor del árbol como leona enjaulada y Carlitos empezó a dudar de la verosimilitud de su reacción melodramática. Después de doce vueltas y una decena de insultos adicionales, Lucía le pidió a Carlos que la esperara ahí, se enfiló hacia la fiesta y entró con paso firme buscándole la cara a Paco. No pidió explicaciones, ni tampoco recibió disculpas. El encuentro tomó por sorpresa a Paco mientras se servía una cuba en un pequeño toldo que se había habilitado como camerino para los integrantes de The Lesbians. El diálogo fue casi un monólogo en el que Lucía dejó claro que no quería volver a saber nada de él, que no la buscara más y que era un completo imbécil, mentiroso y pésimo baterista. Lo último fue lo único que hirió al muchacho, podía ser un mentiroso, incluso un imbécil, pero no un mal baterista. Intuyendo el origen del problema, Paco buscó venganza:

—Perfecto, no te vuelvo a buscar. En realidad, tú y yo nunca tuvimos buena química, besas horrible. Ah, una última pregunta: ¿Carlitos también te contó cuando se cogió a Natalia en la casa 1?

Última primera vez

Carlitos escaló siguiendo las instrucciones de Rodrigo. Un pie sobre la manija de la puerta y mucha fuerza en brazos. Al tercer intento logró el impulso necesario para llegar al borde superior del portón, desde ahí le aventó la cámara a su hermano y saltó al interior del terreno.

—Dobla las rodillas al caer.

—Pensé que no lo iba a lograr —dijo Carlitos con una sonrisa que ocupaba la mitad de su cara.

—Yo también. Apúrate, ya vamos a empezar a tocar.

Carlitos le arrebató la cámara a su hermano y juntos caminaron hasta el punto de concentración donde esperaban impacientes los otros integrantes de The Lesbians con sus respectivas parejas. Rodrigo tomó la cara de su novia y frotó su nariz contra la suya. Un besito de esquimal le llamó al ritual cursi que provocó que Carlitos negara con la cabeza y se alejara del grupo en búsqueda de Lucía.

Su intuición le sugería que no había habido reconciliación con Paco, pero la duda del porqué Lucía no había vuelto al árbol Eiffel le generaba cierta angustia. Era posible que se hubieran cruzado en el camino, pero poco probable. Sonaba una canción de Soda Stereo y el olor a marihuana predominaba el ambiente. Carlitos caminaba entre los cuerpos que se aglomeraban en las inmediaciones del escenario que acababa de ocupar The Lesbians. Un guitarrazo mal ecualizado y dos redobles en la batería, que sonaron con una precaria microfonía, anunciaron el inicio del concierto. El público abandonó los lugares periféricos de la fiesta y se concentró frente a las jóvenes promesas de *grunge* nacional.

Jóvenes promesas que, a Carlitos, en este momento, ya le parecen rotas. Pero en honor a la verdad es preciso decir que el sonido The Lesbians no es tan malo como le parece. La banda tiene mucho éxito entre los doscientos jóvenes borrachos y drogados que los escuchan tocar.

Carlos prendió la cámara y la sujetó a la altura de los muslos, encuadrando aquel momento desde la cintura para abajo. Su teoría de la homologación juvenil cobraba mayor fuerza desde ese ángulo. Todos y todas parecían iguales. Filmó durante dos canciones con la cámara por lo bajo y la mirada lo más arriba que pudo, buscando a Lucía. Al empezar la tercera canción se dio por vencido, apagó la cámara y se alejó intentando conseguir un baño para orinar. Le indicaron que los baños estaban atrás de la barra y efectivamente dio con un par de cabinas plásticas azules. La primera estaba ocupada y de su interior se desprendía una pestilencia que le secó los ojos; costaba pensar que aquel hedor fuera producto de un ser humano o por lo menos de un ser humano vivo. La segunda cabina se encontraba inutilizable, pues estaba rociada de un vómito grumoso y oloroso, que presuntamente tenía dos o tres capas de vómitos adicionales encima. Carlitos resolvió caminar unos cuantos metros, a un lugar de oscuridad, para vaciar su vejiga al aire libre. Se colgó la cámara al cuello, se bajó la bragueta, sujetó su pene con la mano derecha y empezó a escribir en el pasto con su orina. ¿Qué estoy haciendo?, pensó, ¿orino escribiendo o escribo orinando? Inmerso en esa reflexión, que parecía no tener solución fácil, no se dio cuenta de que, entre las sombras, a pocos metros de distancia, Lucía lo observaba sentada con un cigarro en la mano y una botella de vodka en la otra.

—La adultez sabe a vodka adulterado —dijo la joven, dando un trago profundo a la botella.

Desorientado por la poca visión, a Carlitos le costó trabajo ubicar a Lucía. Con intuición auditiva se acercó y se sentó junto a ella.

—Quizá *adultarse* sea como *adulterarse*. Convertirse en una versión más amarga y menos pura de uno mismo.

Carlitos tomó la botella de la mano de Lucía y a ojo de mal cubero calculó que su amiga se había bebido un tercio. Dio dos tragos y el tercero no lo soportó: escupió.

—¿Por qué no regresaste a nuestro escondite? —preguntó limpiándose la boca con la manga de su sudadera de jerga—. Te esperé un buen rato.

Lucía tomó otro trago del vodka y lanzó la botella lo más lejos que pudo. El ruido de los cristales reventados se perdió entre los ritmos eléctricos de The Lesbians, como se pierde el sonido de la lluvia en medio del mar abierto.

—¿Estás bien?

Lucía miró a Carlitos a la cara y no dijo ni media palabra. Carlos notó que estaba muy seria y no supo si abrazarla o hacerla reír.

—¿Cómo te fue con Paco?

Tampoco contestó. Carlos se puso de pie.

—¿Qué te pasa? ¿Por qué no me hablas?

Lucía, aventó la colilla de su cigarro y prendió uno nuevo. Dio dos fumadas que exhaló en rondanas expansivas que se desintegraron chocando con el cuerpo erguido de su amigo.

—¿Por qué no me contaste que ya no eres virgen?

Ahora fue Carlitos el que no ofreció respuesta. Se quedó callado pensando en que la virginidad se asumía como un concepto universal cuando debía de ser exclusivo de mujeres católicas.

—¿Cogiste con Natalia? ¡Cogiste con Natalia! —Lucía mostró su decepción moviendo la cabeza de un lado a otro y se hizo un masaje circular en la sien con los dedos índice y medio, con los que después de unos segundos construyó un revolver imaginario del que disparó una bala que la hizo hacer un gesto de repulsión antes de la muerte.

Carlos se sentó nuevamente, frente a ella, le tomó la mano para robarle el cigarro y se llenó la boca de humo y de mentiras:

—No, eso no es verdad. Ese día de la fiesta no hice nada con Natalia.

—¿En serio? —Lucía poco a poco recobró su característica voz alegre y solicitó la devolución de su cigarro.

—De verdad. No cogí con Natalia, ni con nadie —exhaló entre tosidos la mitad de la mentira. No era cierto que no había pasado nada, aunque era verdad que no habían llegado a la cópula.

—Pinche Paco, es un mentiroso.

—Ese güey siempre ha sido una mierda —remató Carlitos, aprovechando las bondades del engaño.

—¿Sabes de qué me di cuenta?

—¿De qué?

—Que lo de Paco me enoja, pero pensar en lo tuyo me daba tristeza, que es aún peor.

—Pero ya te dije que no es verdad —Carlitos reflexionó si los comentarios de Lucía seguían una suerte de camino inductivo—. Además, por qué te daría tristeza que yo pueda tener una relación con alguien.

—¿Por qué crees, Carlos Arruza?

Lucía aventó el cigarro y acercó su cara a pocos centímetros de la de Carlos, esperando que su amigo diera el siguiente paso. Ella, pensó, ya había hecho su parte. A lo lejos se escuchaba la voz de Rodrigo decretando un receso involuntario para resolver algunas fallas técnicas del concierto e inmediatamente después sonó una canción de Los Prisioneros que iniciaba con unos ladridos y que a Lucía le encantaba.

—O me das un beso o me voy a bailar —amenazó con risas.

Carlitos se quitó la cámara del cuerpo, la puso sobre el pasto y tomó la nuca de Lucía con ambas manos. Juntaron sus bocas con euforia y sin mesura. Sus dientes chocaron un par de veces, como si quisieran brindar por el amor. Lucía mordió el labio inferior de Carlos y él cruzó toda la encía superior de Lucía con la lengua. El beso atrabancado estuvo exento de cualquier prejuicio y también de cualquier juicio. Se sintieron plenamente libres en esa barbárica experiencia, tan romántica como el beso más sincero de la historia. Sus cachetes comenzaron a enrojecer y sus cuerpos ganaron proximidad. Fue Lucía la que tomó una mano de Carlos y la puso sobre sus pechos, guiándola por el interior de su blusa. Carlitos bajo a lengüetazos por todo el cuello hasta encontrarse con un collar de conchas colocadas horizontalmente. Brincó la frontera de objetos marinos y siguió hacia el sur. Estrujó torpemente el seno derecho de Lucía, batallando con el poco margen de maniobra que permitía el brasier. Lucía se quejó moviendo el hombro hacia atrás y Carlitos abortó la estrategia, pero no la misión. Hicieron una pausa para tomar aire y compartir risas. Lucía se quitó la chamarra de mezclilla y, con un movimiento ágil, contorsionó la mano izquierda a la mitad de su espalda, desabrochó el sujetador y éste cayó como el manto de un mago cuando desaparece a alguien. Carlitos no fue tan ágil desabrochando su cinturón y abriendo el botón superior de sus pantalones. Lucía tuvo que interceder y bajar el cierre de la bragueta, para no enfriar el momento. Regresaron los lengüetazos. Creció el calor corporal. Lucía empezó a mover la pelvis, lanzando toda su cadera contra el cuerpo de Carlos, que para entonces tenía una erección consistente. El joven levantó la blusa de la muchacha y comenzó a chupar en espiral el pezón izquierdo. Luego el derecho, mientras con la mano pellizcaba el seno abandonado por la lengua. Lucía sintió pequeñas descargas eléctricas de placer. La música de The Lesbians volvió a sonar a la distancia y Lucía introdujo su mano izquierda en el pantalón de su acompañante y la derecha en el suyo. Sostuvo el pene de Carlitos y notó que su amigo tenía menor cantidad de vello púbico que ella. Empezó a frotar su clítoris y escuchó el incremento rítmico en la respiración de su amigo al mismo tiempo que sus primeros gemidos aparecían. Con movimientos constantes de arriba hacia abajo, sostuvo el músculo cilíndrico hasta que Carlitos le pidió que se detuviera unos segundos, pues de no hacerlo, advirtió, no controlaría la inminente eyaculación. Carlos siguió el rastro del brazo derecho de Lucía que lo condujo a la primera vagina que tocó en su vida. Sintió la viscosidad del líquido que los dedos de Lucía revolvían en movimientos circulares contra su propio cuerpo. Ella le indicó cómo hacerlo y lo dejó solo, elevó los brazos y exigió que nuevamente le besara los senos. Carlitos movía la mano derecha y la lengua al mismo ritmo, algo que nunca había logrado hacer con los pies, pues era un pésimo bailarín. Deslizó un dedo de la mano derecha hacia el interior de Lucía. Lo empezó a mover y a sentir la suavidad de las paredes, la perfección de la humedad y cómo los besos de Lucía en su oreja izquierda se detuvieron en seco. La joven se encontraba a punto del orgasmo cuando Carlitos sintió el efímero calambre seguido de la propulsión líquida que dejó una mancha blanca en sus propios calzones.

—No te detengas, no te detengas.

El niño devenido en adolescente siguió clavando su dedo hasta que Lucía emitió tres gritos que le parecieron más fuertes que la música de la fiesta, abrió los brazos y cerró las piernas. Se desvaneció en una exhalación infinita y se quedó tumbada en posición de virgen medieval crucificada. Carlitos eufórico se bajó los pantalones, se acostó sobre ella e intentó introducir su pene flácido e inundado de semen, que empezaba a recobrar la vertical.

—Detente, detente.

Se detuvo y Lucía explicó que no podían arriesgarse a hacerlo sin condón. Los esfuerzos de Luciana por inculcar responsabilidad y promover educación sexual a su hija, rindieron frutos. Además, dijo Lucía, me gustaría que nuestra primera vez fuera en un lugar más especial, con música que nos guste. Carlitos estuvo de acuerdo. Se subió los pantalones y se quedó acostado dándole medio abrazo a Lucía y pensando en las virtudes de las mentiras.

***

Cuando Luciana los recogió a la hora acordada, Lucía actuó con naturalidad y le relató a su madre el rompimiento con Paco. Después se produjo un intercambio mayéutico entre madre e hija que finalizó con un beso cariñoso en la cabeza de Lucía.

Para ese momento los jóvenes ya habían estructurado el plan para prolongar su experiencia sexual: se verían al día siguiente en la madrugada, a escondidas, en la casa 1. Ella llevaría su grabadora y él debía llevar los condones, se los robaría de un cajón *secreto* del cuarto de Rodrigo. Carlitos pensaba en el plan y no abrió la boca durante el camino de regreso a casa; el silencio era miedo, o alegría o, tal vez, amor.

El silencio que nos une

¿Por qué los amorosos callan? Fue la pregunta que Carlitos no le hizo a su abuelo ya que no se le ocurrió cuando Jaime Sancristóbal le leyó un poema de uno que tenía fama de buen poeta y a quien su abuelo le decía tocayo. Pero sentado bajo la sombra del pino en el área común del condominio, aquella mañana de sábado de marzo de un año anónimo, reformuló en su mente: ¿Por qué los amorosos callamos? ¿Soy acaso un amoroso? Y si lo fuera, ¿por qué el amor se parece tanto al miedo?

Las respuestas no caían del cielo, como las acículas viejas que llovían del pino y le sepultaban la cara a Carlos. Los Kohlmann rondaban por la zona practicando rutinas con unos chacos de karate; se golpeaban la espalda con latigazos que parecían dolorosos.

—¿No les duelen los golpes? —preguntó Carlitos con ingenuidad.

—Nos dolería más saber que no soportamos el dolor necesario del entrenamiento —contestó Claus.

—Los peores dolores no se sienten en el cuerpo, amigo Carlitos —añadió Lucas.

—Con su disciplina llegarán a ser los herederos de Bruce Lee. No, cuando envejezcan ustedes serán mejores que Bruce Lee.

—Otra vez se equivoca nuestro amigo Carlitos —le dijo Lucas a Claus, pero con la mirada puesta en Carlos.

—Pues no puede envejecer aquél que nunca fue joven —agregó Claus.

La conversación dejó de producirle risa y comenzó a producirle angustia a Carlos, por lo que decidió no continuar hablando con sus amigos de cuerpo joven y alma vieja. Encendió su cámara y comenzó a filmar de la cintura para abajo. El sonido de un motor ahogado fue lo que hizo que Carlitos girara ciento ochenta grados. Jorge Cano, flacucho y con su tradicional cara de pocos amigos, vestía unos pantalones deportivos fajados por arriba y por abajo, pues unas calcetas blancas arropaban sus piernas de pollo por encima del pantalón. También llevaba puesta una gorra del América y unos lentes plásticos de protección. En las manos, cubiertas por guantes de cuero, sostenía una sierra eléctrica que intentaba encender con jalones de cuerda. Inútil en el uso de la herramienta, gritaba desesperado el nombre de Efrén para que fuera en su auxilio.

—Dígame, don Jorge, qué necesita.

—Talaremos este pinche pino que sólo ensucia el jardín y tapa los conductos de agua con todo lo que tira.

—Uy, señor, pero eso lo tiene que hacer la delegación y protección civil. No es tan fácil.

—Nombre, eso es para árboles grandotes, éste no llega ni a cuatro metros. Ahorita lo bajamos entre nosotros.

—Perdóneme, don Jorge, pero yo creo que es muy peligroso que nosotros lo intentemos. No tenemos ni la herramienta necesaria.

La neurosis de Jorge Cano empezó a brotar dejando ver una vena inflamada en el cuello.

—Mira, Efrén, yo te agradezco que seas tan precavido, pero esto no es una pregunta, es una orden.

Efrén negó con la cabeza y los gemelos detuvieron su práctica marcial para acercarse a la conversación.

—¿Qué está pasando aquí? —dijo Lucas.

—Ustedes ni se metan, chamacos. Fuera de mi casa.

Los gemelos se quedaron estáticos con un aplomo que Carlitos envidió. Él hubiera querido la mitad de la valentía que tenían esos pequeños.

—Que se hagan a un lado, les estoy diciendo —amenazó Cano a la dupla que no cedía—. Y tú, Efrén, enciéndeme esta chingadera si no te quieres quedar sin chamba.

Lucas abrió el brazo izquierdo en señal de protección, indicándole a Efrén que no se moviera. Claus se dirigió a Carlitos, que miraba los toros desde la barrera, parado a unos cuantos metros sobre el terreno del área común.

—Amigo Carlitos, filma este atropello. No cortes en ningún momento —hasta entonces Carlitos fue consciente de que su cámara seguía encendida y había documentado toda la escena. Muchos años después sabría que aquel encuadre, con cierta trepidación, también había quedado inmortalizado de la cintura para abajo.

Cano, convertido en un miura, dio media vuelta y se metió a su casa dando un portazo. Con serenidad los gemelos regresaron a su rutina con los chacos, no sin antes dedicarle algunas palabras de tranquilidad a Efrén, quien estaba pálido pensando en la posibilidad de perder su empleo.

No fue una falsa alarma. Un par de horas después, a las tres de la tarde en punto, mientras los Kohlmann se encontraban comiendo con doña Trini; Carlitos buscaba los preservativos en la habitación de su hermano y Efrén cortaba el pasto de la familia Pérez de los Reyes, llegó un convoy de cuatro vestidos con tonos fosforescentes, cascos, botas de seguridad y sierras perfectamente afiladas, que no tuvieron la menor complicación para derribar el pino en pocos minutos. Lucía, que entró en automóvil con su madre, a quien había acompañado toda la mañana a una sesión pseudo terapéutica que Luciana llamaba constelación, fue la única que vio el momento exacto cuando Jorge Cano celebró el ecocidio, instruido por él y materializado por el cuarteto criminal de vestimentas fosforescentes.

Los reclamos de Carlitos, las amenazas de los gemelos, los insultos de Lucía y el silencio de Efrén llegaron muy tarde. La suerte estaba echada, no quedaba tiempo ni para rendir duelo a ese icónico árbol. El señor Cano despachó a los podadores con la entrega de cuantiosos billetes frente a las almas desasosegadas y se encerró en su casa. Efrén hizo lo propio en su caseta y los gemelos se despidieron para adentrarse en su centro de planeación; tenían trabajo para definir el castigo y para poner la operación en marcha.

Lucía y Carlitos se acostaron en el lugar de siempre, desde ese momento sin sombra, pero protegidos por un día muy nublado.

—Te traje un regalo —Lucía sacó un rectángulo envuelto en papel estraza de un morral que raramente usaba.

Carlitos juntó las palmas de las manos a la altura del pecho e inclinó la cabeza hacia abajo en gesto de agradecimiento.

—Te traje un libro —continuó Lucía—. Es del escritor que te gustó, el mismo del libro que te prestó mi mamá. Me gustó el título: *Las formas de las nubes*.

—Muchas gracias —recibió el libro y rompió la envoltura sin ningún cuidado. Hojeó el regalo fugazmente y se detuvo en la última página de la que leyó un fragmento en voz alta—. Escucha que buena frase: «Los libros son como las nubes, cada quien les encuentra distintas formas y diversos significados».

Lucía sintió ternura por Carlos. No se lo dijo. Imaginó que, si se lo decía, Carlitos lo vería como algo malo. Optó por darle un beso en el cachete y susurrarle al oído un «Me gustas». Carlitos pensó que era la persona más dichosa del mundo. Nadie podía ser tan feliz como él en ese momento. No cambiaría su vida por ninguna. Alguna vez había leído que la felicidad no se puede recordar: la verdadera felicidad se vuelve a sentir cuando se intenta rememorar, se siente pero en pasado. Él quería guardar para siempre ese momento, incluso si su vida resultara trágica y lamentable tendría un pasado —ese beso de Lucía— para ser feliz.

Luciana salió al área común por su hija y le dijo que era tardísimo, que ya se tenían que ir a su terapia. Lucía asistía todos los sábados por la tarde a sesiones con una psicóloga que odiaba y a la que le relataba cuantas mentiras podía imaginar. La adolescente se quejó, dijo que no quería ir más con la psicóloga. Con convicción firme dijo que la terapia no era necesaria para ella, pero su mamá no cedió. Carlitos, como de costumbre en situaciones de conflicto, guardó silencio y tomó distancia. Las mujeres finalmente se fueron, las dos con mal humor y mucha prisa. Lucía, mientras caminaba junto a su madre rumbo al coche estacionado en su casa, giró la cabeza para emitir palabras mudas, en cuyos labios Carlos leyó: «Te veo al rato», y lanzó una mirada a la casa 1.

En este momento me gustaría ser arbitrario y no mostrar lo que viene después sino discriminar lo subsecuente. Al fin y al cabo, todo escritor o todo cineasta discrimina: desecha la mayoría de los momentos de la vida de los personajes que crea y, de forma muy oportunista, desarrolla únicamente los pasajes y escenas que son funcionales para la trama. La ficción suele poner la trama por encima de la vida cotidiana de los personajes, por eso no puedo ser arbitrario en este momento, debido a un mandato que me obliga a priorizar la trama y el drama.

El día transcurrió como transcurre la vida. Momentos buenos y momentos malos. Carmina y Antonieta pasaron la tarde viendo la televisión y tomando té, Carlitos, inmerso en la novela que Lucía le regaló. La llegada de Javier sorprendió a todos, pues no avisó previamente su regreso. Se le veía fatigado. En pocos días se le habían multiplicado las arrugas en los costados de los ojos. No se había rasurado, algo muy poco común en él. Tenía una barba corta y filosa que dejaba ver muchas canas. Saludó a la comitiva e informó a su hijo que se irían en ese preciso momento a Cocoyoc para alcanzar a Marisol. Se daría una ducha rápida, dijo, tiempo suficiente para que Carlitos hiciera su maleta, y zarparían por la autopista del sol. En la última frase se le iluminaron los ojos. A Javier le hacía más ilusión el camino que el destino, quería estrenar la última gran construcción del gobierno. Carlos no interpuso ninguna objeción, o por lo menos no la expresó. Acató las instrucciones de su padre con disciplina, hizo su maleta y comenzó a sufrir un ataque de ansiedad. ¿Cómo le avisaría a Lucía las razones de su inasistencia? En su mente retumbaba la máxima con la que se construía su relación: «A los amigos nunca se les abandona». ¿Por qué no tenía el valor para oponerse a su padre? Era ridículo que actuara de manera tan timorata frente a los obstáculos de la vida, eso le había traído muchos problemas y, sin embargo, no podía dejar de ser un cobarde. Un joven pusilánime, sin libertad, sin determinación y sin la fuerza para crecer; así se sentía Carlitos mientras alistaba su traje de baño, su pijama, unas chanclas y un par de playeras. La epifanía duró poco, no era brillante, pero era la única salida. Dejó la maleta a medio empacar y corrió al estudio de su padre. Tomó papel y pluma:

> *Lucía, espero que encuentres esto. Mi padre regresó y me sometió a una tortura: acompañarlos a Cocoyoc. No sirvió mi resistencia. Cuando leas esto seguramente estaré muy lejos. Perdón. Nuestro plan tendrá que esperar. Te quiero.*
>
> *C.A.S.*

El autor cerró el melodramático mensaje con un doblez por la mitad en el que escribió «Para Lucía» y lo selló con un beso. Carlitos se entregó de lleno a la cursilería llevando la carta a su corazón, estrujó sus manos con fuerza contra su pecho y salió corriendo. En la entrada de la casa 1, revisó de izquierda a derecha que nadie lo observara —no se dio cuenta de que

Jorge Cano lo espiaba desde el interior de su casa por una pequeña ventana— y lanzó el mensaje por debajo de la puerta. Regresó trotando a casa, donde su padre ya lo esperaba listo y chasqueando los dedos.

En el camino, Javier le relató a su hijo su experiencia en Tijuana. «Las cosas se pondrán más complicadas, mijo. Hay que ser muy cautelosos». A la altura de una curva muy cerrada en forma de pera, Carlitos sintió un mareo que pensó que derivaría en vómito, pero lo contuvo con éxito. Javier, sin notar la palidez de su copiloto, jugaba a que el coche era un caballo, tronaba besitos simulando los sonidos que hacía cuando montaba y le daba palmaditas al tablero como si fuera un animal galopante. Superaron la curva tortuosa, Carlitos recuperó el color y Javier volvió a comportarse como un adulto.

Mientras Carlos y Javier se dirigían a la casa de descanso de su compadre en Cocoyoc, una segunda visita inesperada llegó a la casa 4 del condominio. Rafael, aún más desaliñado de lo que había llegado Javier, se apersonó en el hogar de su hermana. La abuela Carmina lo recibió sin cuestionamientos, ni reparos, aunque el tío Rafael explicó que necesitaba alojamiento sólo un par de días, que había roto por las malas con el subcomandante Marcos y había quedado muy sensible la relación. Seguramente lo buscarían en la casa del Pedregal, hasta entonces su domicilio oficial, por lo que la casa de Marisol era un buen escondite. También dijo que prefería morir antes que pedirle posada a su padre. Carmina lo llenó de besos y arrumacos.

Poco antes de llegar a Cocoyoc, se detuvieron a comprar cecina en una carnicería que atendía un señor que parecía constituido por donas, era el señor Michelin de carne y hueso. Javier negociaba el precio de dos kilos y Carlitos sopesaba si la mejor manera de comunicarse con Lucía era a través de una misiva. Quizá hubiera sido mejor usar a los Kohlmann como portavoces o tal vez la carta sí era el mejor método, pero no el lugar donde la había dejado. Hubiera sido más eficiente dejar la carta en la casa 8, decía claramente «Para Lucía» y Luciana era una persona que respetaba la privacidad.

Carlitos estaba tan inmerso en sus dudas que no escuchó el detonador de la gritoniza que Javier le propinó al carnicero obeso. No me grite. Yo le habló como se me da la gana. Todos los pinches chilangos son iguales. Me vuelves a decir chilango y te tiro los dientes, baboso; soy sonorense. Las frases entraban al cerebro de Carlitos como destellos aislados, no comprendía el sentido lógico de la conversación. El carnicero salió del mostrador sosteniendo un amenazante cuchillo de siete pulgadas con manchas de oxidación y gotas de sangre chorreando por el filo. Javier no se achicó, encaró a mano limpia a su rival y con un golpe seco en la muñeca le tiró el arma blanca. El contraataque fue un intento de cachetada que el carnicero lanzó con el otro brazo y que Javier con agilidad de antiguo pugilista esquivó sin problemas. Conectó un recto y un gancho, suficientes para que el voluminoso cuerpo del vendedor de carnes se quedara orbitando en su propio eje como un pino de boliche a punto de caer. Los ciento veinte kilos de aquel hombre se estrellaron contra una vitrina que en segundos se hizo añicos. Las carnes se desbordaron como el agua de una pecera rota. Llegaron un par de refuerzos del local de junto, una frutería. Se quedaron en posición de guardia esperando que Javier lanzara el primer golpe. Carlos, apanicado, abrazó la espalda de su padre y le rogó que se fueran de ahí. Los vendedores de frutas aprovecharon la intervención del joven para lanzar derechazos contra el padre, que estaba inmovilizado de la cintura por su propio hijo. Javier recibió un trompazo y un rozón en la oreja que se la dejó ardiente. Respondió con fuerza. Tomó impulso y aventó toda la fuerza de su brazo derecho sobre la nariz de uno de los jóvenes. La fractura sonó al instante. El movimiento de Javier tuvo un daño colateral en el pómulo izquierdo de Carlitos, que recibió un codazo cuando el padre preparó su ataque. Javier, rabioso, le ordenó a su hijo que se subiera al coche, amagó al único rival que seguía en pie, quien inmediatamente se enjutó. El sonorense tomó la bolsa con dos kilos de cecina que estaba lista, abrió su cartera y dejó algunos billetes de más sobre el único mostrador intacto entre esas ruinas. Con furia se subió al coche y aceleró.

—Carlos, en una pelea o te metes a pegar o no te metes. Pero nunca, nunca, nunca, intentes separar.

Carlitos afirmó con la cabeza, con la mano derecha se sobaba el pómulo que empezaba a inflamarse. Javier le revisó la zona afectada y con voz entrecortada por un llanto contenido dijo:

—Perdóname, mijo. Ahorita llegando te ponemos hielo. Perdóname.

Marisol se puso furiosa con la aventura bélica. Después de preparar una compresa helada que envolvió en una toalla para el cachete de su hijo, pidió a la farmacia una pomada de árnica. El compadre se lo tomó con humor y bromeó diciendo que ni una pinche cecina, la carne más seca, se le podía pedir a Javier sin que corriera sangre. La broma no tuvo éxito. Cenaron en una mesa en el jardín, junto a la alberca, con un ambiente fúnebre hasta que los whiskies empezaron a alegrar el ánimo de la noche. Las primeras muestras de la embriaguez adulta fueron la alerta para que Carlitos optara por anunciar su despedida y se fuera a descansar. Se acostó temprano, pero se durmió tarde leyendo un libro de Natalia Ginzburg que su abuela Carmina le había obsequiado y que fue su mejor compañía en aquel viaje. En la madrugada sintió los parpados pesados y una fuerza extraña que le encogía los ojos, a pesar del ardor en la vista no podía dejar de leer. Las letras se hacían cada vez más pequeñas y las ideas cada vez más borrosas. Contra su voluntad tuvo que cerrar el libro y apagar la luz para intentar dormir. Recostó la cabeza sobre la almohada y cayó profundo en los brazos de Morfeo. Se despertó temprano, desorientado, con la sensación de descanso que dejan los sueños que no se recuerdan; salió del cuarto y se encontró un silencio casi absoluto, interferido por un lejano sollozo. En el jardín estaban los vestigios de una noche festiva: botellas vacías, platos sucios y ceniceros que apilaban pirámides de colillas. Escuchó el inconfundible llanto de su madre, sin que el amodorramiento le permitiera identificar la ubicación del origen de esas lágrimas sonoras. Se talló los ojos con los puños y resintió un ligero dolor en el pómulo golpeado. Marisol se encontraba sentada junto a la alberca abrazando sus piernas, todavía en pijama, con una taza de café en la mano, derramando gotas saladas sobre el agua dulce.

—¿Qué tienes, ma?

La mujer ahogó el llanto, miró a su hijo e intentó decir palabras que fueron atropelladas por un nuevo huracán de lágrimas.

—Mamá, ¿qué te pasa? —volvió a preguntar con mayor preocupación.

—Pasó algo en el condominio.

Carlitos se acercó a su mamá con pasos muy lentos y una inexplicable sonrisa en la cara.

—Habló tu abuelo para avisarnos —continuó Marisol con palabras más lentas que el andar de su hijo—. Tu papá ya va rumbo a la casa.

—Pero ¿qué pasó? ¿La nona está bien?

—Sí —bajó la mirada y, sin ver los ojos de Carlitos, balbuceó—, es Lucía.

—¿Lucía?

—Encontraron a Lucía en la casa 1 —Marisol tragó saliva e hizo una pausa para limpiarse las lágrimas—. Lucía está muerta.

El llanto se detuvo en seco y la sonrisa de Carlitos desapareció para siempre. La mujer se puso de pie y abrazó a su hijo con fuerza, deseando absorber todas las emociones que lo podían herir en ese momento. Deseaba traspasar todo el dolor a su cuerpo. Carlitos no lloró. Los peores dolores de la vida se suelen contener bajo el abrazo de una madre.

Aquí me despido. Tengo que dejar la narración en este momento triste. En este silencio que nos une. Me retiro de los controles, no sin antes presentarme:

Carlos Arruza. Cincuenta y cuatro años. Tez morena. Cineasta mexicano que hace más de tres décadas no vive en su país. Desde que perdió la sonrisa decidió ser otro.

Diario de pesadillas

28 de marzo

Recuerdo la primera vez que visitamos la construcción que después sería nuestra casa.

Apenas estacionamos el coche, un Ford Fairmont color oxidado que mi padre quiere como si fuera un hijo, mi hermano abre la puerta, baja con impaciencia y atrabancadamente da un manotazo que hace cerrar la portezuela encima de mi mano derecha. Yo, como suele ocurrir, intento seguirle el paso como si fuera su sombra. Para bajar del auto pongo los dedos justo en el borde, a la altura de la manija. La puerta cae como una guillotina sobre mis uñas. El grito de dolor tarda en salir de mi garganta el tiempo que mi madre y mi padre tardan en bajarse del Fairmont oxidado, de manera que el sonido se queda encerrado en la cabina del coche conmigo adentro. Cuando por fin notan el accidente, la sangre escurre a chorros. Los gritos de mi madre eclipsan por completo mis gritos, mi hermano ya se encuentra encerrado en la habitación que ha elegido como suya y la parsimonia de mi padre lo homologa al árbol que está a su lado.

Los primeros ocho minutos que pasamos en nuestro hogar fueron un presagio exacto de los siguientes ocho años que hemos vivido aquí. Gritos, encierro, pasividad y sangre, no ha habido más que eso.

29 de marzo

No sé cómo escribir sobre el velorio de Lucía. Cualquier descripción que deje plasmada en estas líneas carecerá de exactitud porque mi mente no puede hallar la concentración necesaria que me haga ver los detalles. Todo me parece nublado. Como si la vida fuera un sueño. Siento que tengo una bruma que envuelve mi cabeza. Tengo una sensación de ingravidez.

Mi padre me obliga a ponerme traje y una corbata negra que él mismo me anuda colocándose detrás de mí frente a un espejo. Dobla las rodillas hasta igualar mi estatura y, como si me fuera a dar un abrazo por la espalda, mete sus brazos a la altura de mis costillas para maniobrar los lados de la corbata que cuelga de mi cuello. En el reflejo parecemos un ventrílocuo y su marioneta. Antonieta les prepara el desayuno a la nona y a mi tío Rafa. Mi madre y mi hermano nos esperan junto al coche, platican con Paco y sus padres en un diálogo de casa a casa que se prolonga hasta estar todos reunidos en la sala IV de la funeraria Gayosso de la Colonia del Valle. Luciana acompañada por sus padres y una docena de familiares rodean el féretro de madera. Le pregunto a mi papá si la madera del ataúd es pino y me responde que no tiene la menor idea y que no es momento de averiguarlo. Las familias Arruza y Elizondo hacemos una fila para dar el pésame, uno por uno, a una madre a la que no sé qué decirle. Rompo la hilera y me paro frente a una fotografía de Lucía que colocan en un tripié también de madera junto a la caja mortuoria. Escucho que Luciana les explica a mis padres que le exigió a Everardo no hacer público el acto. No quiere estar rodeada de políticos y burócratas partidistas. Mi padre le dice que él se asegurará de que se respete la privacidad en el lugar. A pesar de eso, no dejan de llegar arreglos florales y coronas blancas que estoy seguro de que no le hubieran gustado a Lucía. Camino unos pasos hasta estar frente al ataúd y volteo la cabeza para preguntar si puedo abrir la tapa. Mi madre mueve la cabeza de izquierda a derecha, pero Luciana, sin inmutarse por la reacción de mis padres, me dice «Por supuesto, Carlitos» y se acerca para cobijarme con un brazo. Con el otro brazo abre el cofre fúnebre y murmura un lamento que no quiero registrar en mi memoria. Mi mente está en blanco, no sé qué siento, ni sé qué debo sentir. Los ojos de Lucía cerrados, esconden el color agua puerca de sus pupilas. La cara maquillada esconde algunas de sus pecas y la mayoría de sus granos. La boca corrugada, esconde el diente premolar en diagonal que desajusta su sonrisa perfecta. Lucía está apagada. Su luz está en otro espacio que no es este. No somos el cuerpo que habitamos si no tenemos vida. Quiero llorar, pero no puedo. Las lágrimas recorren todo mi cuerpo, pero no salen de mí. Yo debí estar con ella. Quizá salen a chorros en otra dimensión donde está ella. Quizá inundan su cuerpo y apagan la flama. Quizá la luz vital de Lucía ahora sólo es de agua. Quizá es mi culpa por haberla abandonado.

Luciana me pregunta si me quiero quedar unos minutos a solas para despedirme y mi respuesta es un abrazo de auxilio. Le doy la espalda a Lucía y me refugio en el cuerpo de su madre. Aprieta sus brazos contra mi espalda y el rol de consuelo se invierte. Carga mi peso la persona que debería recibir el pésame. Siento brazos que robustecen el círculo. Mi madre nos abraza a los dos y mi padre nos abraza a los tres.

***

Sebastian Kohlmann platica en la cafetería con mis padres y otros adultos, les explica que prefiere no exponer a los gemelos al traerlos a un acto que puede resultarles impactante. Asegura que están muy chicos todavía. La plática continúa por otros rumbos en los que me pierdo. Aunque estoy sentado con ellos, no soy parte de la conversación. Pienso en la imposibilidad de los adultos para entender el acercamiento a la muerte que debe tener la niñez. Me pongo de pie y miento diciendo que tengo que ir al baño. Camino en búsqueda de un lugar apartado que me permita respirar aire fresco. Llego a la salida trasera del inmueble, donde unas escalinatas conducen al estacionamiento. Escaleras abajo, veo a Rodrigo y a Paco platicando con un cigarro en la mano. Los escucho desde arriba sin que ellos noten mi presencia. Intercambian opiniones sobre supuestas teorías de lo ocurrido. Paco le relata información proveniente de sus padres: Efrén quiso abusar de ella, forcejearon, y la asesinó. «¿Pero por qué no huyó?» pregunta Rodrigo. «Claro. Porque hubiera sido muy evidente y prefirió esconderse en su rutina ordinaria para distraer», se responde él mismo. Paco afirma, como borrego siguiendo al pastor, la conjetura de mi hermano. Decido interrumpirlos y confrontarlos. Les digo que ninguno de los dos estuvo ahí. Ambos hicieron presencia en el condominio mucho tiempo después de la tragedia, incluso después de que mi madre y yo regresáramos de Cocoyoc. Les digo que no pueden hablar con tanta ligereza. Me responden que, si no quiero escucharlos, simplemente no los espíe.

—Tú que sí estuviste, explícanos qué pasó —pregunta mi hermano.

Pero no puedo explicarles. ¿Cómo les digo que abandoné el lugar donde debí de estar? No sé qué sucedió, ni siquiera he intentado explicármelo. Paco es generoso con mi silencio e interrumpe el cuestionamiento de Rodrigo.

—No. Tiene razón Carlos. No es momento para hablar de eso.

Ahora es Rodrigo el que asiente. Apagan sus cigarros y caminamos de vuelta a la sala IV de la funeraria. Entramos justo antes de que un padre empiece a oficiar una misa de réquiem. Durante la ceremonia Paco me susurra al oído una innecesaria tregua que me reconforta.

Rodrigo me toma por los hombros y reafirma su figura protectora. El cura habla en latín: «*Requiem aeternam dona eis, Domine, et lux perpetua luceat eis*».

1 de abril

Días después le cuento a mi abuelo Jaime lo que escucho en el velorio, cuando mi madre me deja quedarme con Luciana a esperar a que le entreguen las cenizas en las que se ha convertido Lucía.

No es tan tarde, todavía no oscurece. Sus padres, los abuelos de Lucía, van a buscar algo de comida a la cafetería y nos quedamos Luciana y yo solos en el salón donde es el velorio. Llega el doctor Echavarría y la mujer descarga en su abrazo todas las lágrimas que no había sacado. Yo les pido que me dejen conservar la foto de Lucía que colocaron junto al ataúd; me miran con ternura. También les pido conservar una cajetilla de cigarros Camel que estaba entre las pertenencias con las que la encontraron muerta; me miran con reprobación. Me dicen que sí, ambos me abrazan y Luciana me da un beso en la cabeza. Después, no sé bien por qué, me parece imprudente quedarme con ellos y les digo que bajaré a la cafetería. Sin saber muy bien a dónde ir, pues no quiero estar con los abuelos, decido encerrarme en el baño. Entro a una cabina, bajo la tapa del escusado y me siento. Estoy varios minutos rehuyendo de pensamientos que me llevan a recordar a Lucía, hasta que no puedo más. Su imagen se me aparece de frente, oculta por una cascada que divide mi mirada de ella. Entonces tengo un impulso incontrolable. Con cierto remordimiento, pero sin contención mental alguna, me bajo los pantalones y comienzo a masturbarme pensando en una muerta.

Por supuesto, no le cuento todo a mi abuelo, no le digo nada del refugio en el baño de la funeraria, ni que al llegar a casa busco en el diccionario la palabra que explica en qué me he convertido: necrófilo. Lo que sí le cuento es lo que escucho después, cuando salgo de mi encierro mucho más sereno y regreso al salón donde velamos a Lucía.

Los abuelos no han vuelto y, en una primera impresión, me parece que Everardo y Luciana tampoco están. Escucho sus voces muy bajito, se encerraron en un diminuto privado dentro del mismo salón. Luciana le exige a Everardo respuestas. Lo culpa de una posible venganza. Él le pide silencio y atropella sus palabras para callarla. Le dice que no se le ocurra repetir aquello nuevamente, mucho menos comentarlo con otra persona. La discusión empieza a subir de tono, Luciana amenaza al padre de su hija: le dice que ella sabe en qué está metido, que escuchó el encargo que le pidió a mi padre. Yo recuerdo aquel día también y cómo por culpa de Chabelo no pude oír esa parte de la conversación.

Le cuento a mi abuelo Jaime la deducción de Luciana: su hija no había sido asesinada por Efrén, su hija había sido asesinada por una venganza hacia el doctor Everardo Echavarría, por haber hecho algo con el apoyo criminal de mi padre. Cuando Lucía le grita «¡Lárgate, has sido el peor error de mi vida y lo único bueno que me diste, ya me lo arrebataste para siempre!», se abre la puerta del privado y el doctor Echavarría sale furioso, me ubica, camina y, sin quitarme los ojos de encima, se marcha de la funeraria. No sé muy bien cómo consolar a Luciana, sólo le alcanzo un pañuelo desechable con el que se limpia las lágrimas y nos quedamos en silencio. Afortunadamente, al poco tiempo regresan los abuelos y un par de minutos después se acerca un hombre de traje gris que sostiene a Lucía encerrada en una cajita de barro pintada de color azul celeste. El color que menos le gustaba.

Mi abuelo me hace jurar que no le diré esto a nadie más. Me dice que es una acusación muy grave y que las autoridades ya están haciendo su trabajo. Le reclamo y contesta que mis dudas sobre la culpabilidad de Efrén son válidas, pero que yo no soy el indicado para resolverlas. Me recomienda llevar una bitácora, para liberar mis pensamientos al respecto. Me sugiere que sea un ejercicio *estrictamente personal.*

Escribo esto siguiendo el consejo de mi abuelo y también desacatándolo. Escribo esta bitácora de investigación, sin miedo a mostrar mis sentimientos, como un ejercicio de desahogo, pero también para dejar registro de la búsqueda que haré para encontrar al verdadero asesino de Lucía. Este es un diario donde relato mi peor pesadilla, una que no habita mis sueños, sino que invade toda mi vida.

CUMPLEAÑOS

Qué cosa tan estorbosa es el tiempo.
Este año,
mi madre cumple 40 años.
El perro del vecino,
que nació después que yo,
cumple 56.
El sol,
que parece eterno,
tiene sólo 20
y este año no cumplirá otro.

Cada uno tiene su propio estorbo.
Para mí,
es tiempo
de olvidarnos
del tiempo.

2 de abril

A veces creo que el trabajo de Efrén es más difícil que el trabajo de los demás adultos, pues su chamba es tener muchas chambas. Efrén es portero, jardinero, plomero, pintor, entre otras cosas. No creo que mi papá, ni la mamá de Lucía, ni siquiera el neurótico de la casa 5 o el imbécil de Jorge Cano tengan tantas actividades en sus trabajos. Estoy seguro de que hacen máximo una o dos cosas. Por eso, por el injusto exceso de trabajo, he llegado a pensar que Efrén está enojado. Tal vez sus molestias lo llevaron poco a poco a odiarnos y lo disimula muy bien conmigo. Es muy probable que nos considere unos abusivos, yo también creo que lo somos, pero estoy completamente seguro de que Efrén es incapaz de matar siquiera a una mosca. No puedo aceptar la idea de que Efrén le haya hecho daño a Lucía.

Para iniciar mi investigación primero debo demostrar la inocencia de Efrén. Pero no sé por dónde empezar. Divago durante horas en estrategias que desecho horas más tarde cuando reconozco su complejidad o absoluta estupidez. También recuerdo muchas anécdotas con Efrén. Pienso en un día, como tantos otros, cuando tenía nueve años y le voy a tocar a la caseta. Dos toques rápidos en el cristal polarizado, un silencio, y un toque más fuerte, es la señal que anuncia mi llegada. Él mismo me confía esa contraseña sonora, que a mi yo de nueve años le envalentona presumir bajo el título de *clave morse*, sin reparar en que ni es código morse ni sirve para anunciar mi arribo, pues desde dentro del cuartito sí se puede ver lo que sucede en el exterior y Efrén anticipa mi llegada con la vista.

—¿Cómo estás, Carlitos? —pregunta con su característica cortesía.

Yo no soy tan gentil y voy directo al grano:

—Efrén, ¿qué se siente estar enamorado?

Se queda pensando un momento y me pregunta si conozco el significado del nombre del pueblo en el que vivimos o, como dice mi madre, la colonia donde vivimos. No entiendo por qué a mi mamá le molesta que digamos que vivimos en un pueblo. Es un pueblo, quizá algún día será una colonia de la ciudad. Sí, tal vez ya lo es, pero eso no lo excluye de ser un pueblo. Es las dos cosas y no debería ser un problema para nadie.

A Efrén le contesto con la verdad, le digo que no. Me dice que es una palabra náhuatl que significa «sobre el cerro». Yo le agradezco la información, pero le reprocho que eso nada tiene que ver con mi pregunta y repito el cuestionamiento.

—Uy, pues yo te diría que es como estar en las nubes —al fin me responde.

—¿Y tú has estado en las nubes?

—Algunas veces —contesta mientras apaga la vieja televisión.

—Yo no, yo nunca me he sentido en las nubes. Es más, nunca he tocado una nube.

—Pues eres muy chico para estar enamorado, no te preocupes. Además, tú vives cerca de las nubes aquí, en el pueblo.

Entonces, hago una pausa, tomo fuerzas y usando a Efrén como párroco y su cuartito como confesionario, digo:

—Lucía me dijo que está enamorada de Paco.

—¿Y tú estás celoso? —pregunta sin ocultar su risa en la que resalta un diente premolar cubierto de latón.

—No. No creo. ¿Cómo se siente estar celoso?

—Es un dolor recio en la panza. Parecido a una buena enchilada con habanero, pero sin el gusto sabroso.

—Entonces creo que sí.

Efrén suelta una carcajada que yo no busco provocarle y que me hace sentir más celoso. Después de esa breve reflexión salimos a la calle tras escuchar el sonido chillante de una corneta que precede el grito de un hombre con apariencia frágil que vende pan dulce, viajando de casa en casa, en una bicicleta con una canasta enorme. «¡El pan!», grita todos los días aquel hombre cerca de las seis de la tarde, afuera de nuestra privada, alargando lo más que puede la primera letra del alfabeto.

Efrén paga dos donas de chocolate, le da un mordisco a una y me entrega la otra. Me dice que es para que tenga algo dulce en la panza y los celos no me caigan muy pesados. Estoy seguro de que Efrén no mató a Lucía.

3 de abril

Decido entrar. Si quiero indagar sobre lo que realmente sucedió tengo que entrar a la casa 1. Es muy fácil. No cercaron la casa, no pusieron esas tradicionales cintas amarillas que vemos en las películas y que delimitan el perímetro de la escena del crimen. Al igual que en los últimos meses, desde que está deshabitada, el acceso a la casa 1 es tan sencillo como cruzar al jardín trasero de la propiedad, deslizar una ventana bastante grande que permanece sin seguro y brincar un metro para entrar. Así de sencillo. Lo difícil no es pensar o describir la acción, lo difícil es ejecutarla. Me llena de miedo saber qué puedo encontrar cuando esté en ese lugar. He decidido filmar la visita, por la sencilla razón de contar con un registro más detallado que mi memoria al que pueda volver, sin necesidad de regresar a aquella casa. Me sudan las manos, me llevo un cigarro a la boca, aprieto el botón rojo de REC y me adentro en esta herida luminosa de ventanales y paredes blancas; una construcción diáfana y pura en la que no hay, aparentemente, ningún vestigio de dolor. No está mi carta, es lo primero que verifico y lo narro en el video:

—Son las seis de la tarde del domingo tres de abril. Buena parte de los vecinos están en misa, seguramente más de uno se abstendrá de confesar sus pecados o crímenes. Aprovecho el horario para hacer la revisión del lugar de los hechos. Fui muy cuidadoso para asegurarme de que nadie note mi presencia aquí —los movimientos de la cámara son trémulos, parece que se está filmando un documental de situaciones paranormales o una película *amateur* de terror—. No está la carta que le escribí a Lucía.

Dudo si fue ella quien encontró la carta. Es probable que no se haya siquiera acercado a la puerta principal por donde la deslicé. Debí ponerla por la ventana trasera, para garantizar que la leyera. Me siento un imbécil, sentimiento que es recurrente en mi persona en los últimos días. En la planta baja no hay ningún indicio que detenga mi atención mucho tiempo. Apago el cigarro, que se ha vuelto un estorbo más que un buen recuerdo, en el suelo de mármol sin ningún pudor. Lo piso con la punta del pie y continúo mi andar hacia la planta alta. En el que sería mi cuarto, donde semanas atrás el idiota de Paco le dio un beso a Lucía que a mí me correspondía dar, está una sábana color crema todavía extendida en el suelo, sujeta por cuatro velas apagadas y un poco derretidas. Dos de las velas yacen en posición horizontal, como derribadas, como si las hubieran abatido. También hay pétalos de rosa, rojos y blancos, diseminados sin un orden aparente alrededor de la sábana.

No sé por qué esta narración me conduce a utilizar un lenguaje que quizá nadie reconocería en mí, un estilo que imagino que sólo Lucía identificaría como mío. Me recuerda mucho a algo que me decía con frecuencia: «Tú no hablas como señor, Carlos Arruza.

Tú tienes voz de escritor». Desde muy pequeño la gente me decía que tenía vocabulario de adulto. Escribir me reconforta porque todo lo demás me duele.

No hay sangre en el lugar. Los únicos rastros de lágrimas que la cámara encuentra no están secos, llueven de mis ojos. Apago unos minutos la grabación, intento ajustarme la voz y poder hablar sin sollozar. Respiro hondo tres veces. Vuelvo a filmar:

—Parece que no hay elementos que aproximen a un posible culpable. Las únicas pistas que dejó Lucía, una sábana, velas y flores son inservibles para la investigación.

—Pónganme atención, por favor —escucho una orden en la planta baja, entre el murmullo de muchas voces que entran a la casa por la puerta principal—. Muchachos, quiero que esto quede perfectamente limpio. Todo lo que encuentren se va a la basura. Sin ninguna excepción, ¿estamos?

Los muchachos afirman en coro y yo me paralizo.

—Quiero que empiecen por el segundo piso y chínguenle que sólo tenemos un par de horas.

La orden de mi padre se acata de manera inmediata y los encargados de la limpieza comienzan a subir las escaleras. Me encierro en el clóset e intento hacer el menor ruido posible. Es difícil controlar mi respiración que galopa a toda velocidad. La cámara no deja de registrar el sonido, aunque la imagen se vuelve completamente negra.

—¿Qué chingados haces aquí, Carlos?

Dice mi padre cuando sus achichincles me descubren encerrado en un clóset y me ponen frente a él. Se tardan quince minutos en encontrarme. En ese tiempo mi papá vuelve a casa, pregunta por mí; mi madre le dice que estoy viendo el fútbol en casa del abuelo; se encierra en su despacho y se sienta a esperar una llamada.

Los limpiadores, sin saber que yo soy su hijo, van a molestarlo para informarle el descubrimiento de un intruso. Los escucho referirse a mí de esa manera.

«No, ¿qué chingados haces tú aquí?», me hubiera gustado responderle a mi padre, pero me invade una parálisis vocal y lo único que se me viene a la cabeza como respuesta es un tímido:

—Estaba filmando. Estoy haciendo una película.

—Déjate de pendejadas, Carlos. Ya no eres un niño para estar jugando tonterías. Mucho menos en este lugar, cabrón. Ten un poco de respeto. —Pienso que la furia de mi padre terminará con un golpe como reprimenda.

Bajo la cabeza y me guardo las palabras que ahora me arrepiento de no haber dicho. Me quita la cámara y me advierte que es la última vez que piso ese lugar o de lo contrario me quedaré sin dientes. Al volver a casa, yo contesto la llamada que tanto espera mi padre y me confunden la voz con la de mi mamá. El anuncio posterga cualquier clase de regaño adicional: mi padre será Procurador de la República. El ambiente en la casa se llena de júbilo. Saca el bacanora y platica tres veces seguidas el desarrollo de la llamada. Su jefe le pide presentarse mañana a primera hora en la casa de campaña para incorporarse al equipo. «En algunas semanas, cuando llegue el momento de anunciar el gabinete, harán público el nombramiento», relata mi padre con emoción pediátrica. Mi madre exagera su alegría; la nona Carmina se mantiene serena; Antonieta, muy atenta; el tío Rafael, un tanto escéptico y Rodrigo pregunta qué hace exactamente el Procurador. «Voy a ser el abogado de la Nación, mijo. Eso voy a ser».

Mi padre será el encargado de investigar los delitos en el país y yo seré el encargado de investigarlo a él. ¿Qué chingados hacía limpiando la casa 1?

Esta vez tuve razón: Paco, además de ser un pendejo, es un mentiroso. No están construyendo ningún cine en el periférico a la altura de la entrada del pueblo. Están construyendo un McDonald's.

Prendo un Camel, sin miedo a que me vean, y me siento en el área común con mi cuadernillo. Mi cámara sigue castigada bajo llave en el despacho de mi padre. Pienso en algo que le escuché a mi abuelo: «Sólo un pueblo podrido acepta la llegada de hamburguesas tan frescas como las de McDonald's». Yo agrego: «Sólo un país sin destino prefiere nutrir el hambre con hamburguesas en vez de tacos».

8 de abril

No sé por dónde empezar. Busco en las novelas que tengo a la mano. No son muchas las que me pueden ayudar. Debería leer más. Tengo *El asesinato de Roger Ackroyd*, *El largo adiós* y un par de libros de Patricia Highsmith que no he leído. Abandono la bibliografía y salgo a caminar para pensar, llevo un cigarro apagado en la mano. Regreso a mi cuarto con dos ideas importantes: hacer un fichero con la información de todas las personas que estuvieron en el condominio el día del asesinato y clasificarlas por grado de sospecha; también buscar a los gemelos para pedirles que colaboren conmigo. Manos a la obra. Bajo al despacho de mi padre y utilizo su máquina para escribir las fichas como supongo que deben ser los ficheros de una investigación criminal. No termino la tarea cuando me impaciento y salgo en busca de los inquilinos de la casa 2. Toco el timbre y me abren mis amigos llenos de ronchas moradas por todo el cuerpo, lo que me repele un poco. La varicela los ha atacado duro, tienen manchas hasta en los ojos. Aunque sé que no me puedo volver a contagiar, pues hace muchos años que la padecí, doy un par de pasos hacia atrás. Les planteo la situación y naturalmente aceptan.

—Siempre que podamos ayudar a nuestro amigo Carlitos —dice Lucas

—... haremos lo que sea necesario. Más si se trata de nuestra amiga Lucía —completa Claus.

Doña Trini les grita desde la cocina. Les ordena que no salgan y que cierren la puerta inmediatamente. Remata sus gritos con un par de groserías que ellos contestan con algunas señas que evidentemente sólo yo puedo ver. Me quiero reír, pero algo me lo impide. Me despido de ellos, les agradezco su solidaridad y les reafirmo la importancia de que sean sigilosos, nadie se puede enterar de que estarán espiando quién entra y sale de la casa 1, las veinticuatro horas del día, todos los días de la semana. Sin darles más información, les digo que los buscaré en algunos días para saber si descubrieron algo extraño.

10 de abril

Muchas cosas han pasado en poco tiempo. Desde mi visita a la casa 1, el día de la feliz noticia para mi padre, ha habido todo tipo de despedidas en esta casa: el tío Rafael se fue sin despedirse ni agradecer; mi madre lo ha declarado persona *non grata* en el hogar. La nona Carmina está teniendo recurrentes crisis de ansiedad, que le agudizan su enfermedad. Mis padres han decidido, después de consultar al doctor Pérez de los Reyes, ingresarla en una casa de ancianos con cuidados especiales. Hoy la llevan a su nuevo hogar. Antonieta se fue ayer; como despedida encontramos una carta que no me dejan leer. Intuyo el contenido por la reacción de mis padres. Después de leer la dichosa carta, mi papá maldice el día en el que la contrataron y mi mamá la llama chantajista y usurpadora. Ambos se encierran con Rodrigo en el despacho y salen después de una hora. Mi hermano es prácticamente un zombi desde ese momento, dice únicamente lo elemental, no come, no duerme y, sobre todo, no toca la guitarra. Se irá la próxima semana a un internado militar con nombre eclesiástico en Estados Unidos.

Yo no entiendo de dónde sale el dinero necesario para todos esos cambios de vida. Hasta hace muy poco vivíamos casi en la bancarrota y nadie se preocupaba por ocultarlo. Hoy me anunciaron una mudanza más: la nuestra, nos iremos a vivir a la casa del

Pedregal a finales de este mes. «No es negociable, es una decisión tomada», dijo mi madre.

Mi investigación sigue estancada y, para colmo, tiene fecha de caducidad.

12 de abril

No puedo interrogar a mi padre, ni siquiera en un diálogo disfrazado. Si llega a sospechar que yo estoy investigando sobre la muerte de Lucía me mandará a Estados Unidos con Rodrigo. No tengo la menor duda, por eso no le he preguntado nada al respecto. Pero hay algo muy extraño que creo que me puede abrir la puerta a una plática con él. En los últimos tres días, cada vez más temprano, incluso antes de que mi madre me lleve a la escuela y mi papá se vaya a trabajar, ha llamado el doctor Echavarría. Mi padre no ha contestado ni una sola vez, en todas las llamadas obliga a que mi madre le conteste con la mentira de que ya se fue de casa.

—Ya llámale. Ya no sé qué decirle mañana.

—Es un metiche, pero hoy le hablo.

13 de abril

Supongo que mi padre no ha regresado la llamada. Hoy suena el teléfono antes de las seis de la mañana y despierta a toda la familia. Mi papá ya no se puede esconder y levanta el teléfono. Escucho que acuerdan verse este mismo día, en un Sanborns. Durante el desayuno, como rompehielos para hacer la verdadera pregunta que me interesa, expreso que se me antojan unos molletes de Sanborns. Mi padre me promete que me traerá unos en la noche, pues tiene una junta por la tarde en la sucursal de San Jerónimo.

—¿Por qué te busca tanto el señor Echavarría?

—¿Por qué crees?

—Pues no sé, por eso pregunto.

—¿Qué le ofrecieron al doctor? —interviene mi madre.

—La embajada en Cuba, pero aún no se lo informan.

—¿Eso es un premio o un castigo? —cuestiono con sinceridad.

—Mira, hijito, se es de izquierda por convicción, no por necesidad.

Creo entender la respuesta. Mi papá se despide, sin darme mayor explicación, se pone el saco y sale de la casa.

14 de abril

«De nuevo España resurge». Cantamos un himno olvidado en el patio de la escuela. «Es tan alto y tan grande su honor». En una ceremonia en la que están los alumnos y profesores de todos los grados. «Que en el hombre es un timbre de gloria». Yo no soporto el calor, ni las ceremonias tumultuarias, ni cantar himnos que no entiendo. «Nacer y sentirse español».

El director de la escuela, un hombre que parece salido de las páginas de cualquier aventura de Astérix y Obélix, vestido con un traje que le queda grande y una corbata que le queda corta, dicta un discurso de los que se pueden catalogar como presidenciales: largos y efusivos. Exposición. Exilio. México. Cultura. Sinaia. Ciencia. República. Memoria. Refugio. Los significados se pierden en el aire antes de entrar a mi cabeza, las palabras llegan a mi mente como meros significantes que arremedo sin darme cuenta de que parezco un loquito repitiendo algunas palabras inconexas ante la mirada de asco de mis compañeras más próximas. Salgo del trance cuando verbalizo «diario». Me despabilo e intento entender el discurso del director. En mi escuela se inaugurará una exposición a manera de diario íntimo colectivo con reflexiones antiguas de los refugiados del exilio español. Eureka. El diario. La palabra como memoria. La escritura como artefacto para descifrar el misterio. Tengo que encontrar el diario de Lucía.

15 de abril

Cena para despedir a Rodrigo en casa del abuelo Jaime. Mi hermano mañana vuela a un pueblo a una hora de la ciudad de Nueva Orleans, quizá el destino musical más importante del mundo, y sigue sin recobrar su verdadera personalidad. No ha tocado su guitarra en días y empiezo a pensar que no la llevará con él. El miedo a la paternidad le ha impuesto una obediencia militar, incluso, antes de ingresar a un internado administrado por el ejército gringo. Me da una especie de tristeza que viva cabizbajo, siguiendo fielmente todas las órdenes de mis padres. Al abuelo también le preocupa. Seguramente a la nona también, pero desde que vive prisionera en un calabozo geriátrico su opinión no se valora.

—La voy a sacar de ahí. La traeré a vivir conmigo —anuncia el abuelo.

—Está ahí no porque yo quiera, sino porque es el mejor cuidado para ella, papá —se queja mi madre.

—Verás Jaime, tú no lo viviste, pero cuidar a Carmina en su condición no es nada sencillo. Con las nuevas responsabilidades, Marisol también estará muy ocupada —dice mi padre ante la mirada fulminante de mi abuelo, que no sé por qué no lo interrumpe— y, como bien sabes, decidimos mudarnos al Pedregal para que Carlitos pueda cambiar de aires.

—Claro, al Pedregal —contesta el abuelo, y se queda con el resto de la oración en la punta de la lengua: «A mi casa del Pedregal».

—Me trata como si fuera su sirvienta —se desahoga mi madre buscando justificar el traslado de la abuela.

—Yo no quiero cambiar de aires —digo sin mirar a nadie—. Yo me quiero quedar aquí.

Mis padres me miran y luego se miran. Mi madre le hace un gesto a mi padre con el que reafirma una preocupación. Sé que me quieren mandar al psicólogo y no opondré resistencia. Tengo que ser muy habilidoso para estar cerca de mi padre sin levantar ninguna sospecha. Prefiero un diván que un catre en un cuartel escolar en Estados Unidos.

RAÍZ CUADRADA

No sumamos.
Tampoco restamos.
A veces nos multiplicamos
y nunca nos dividimos.

Eres = √Yo

17 de abril

Desecho por completo la idea de hablar con Luciana y pedirle que me deje entrar al cuarto de Lucía para buscar su diario; primero, porque estoy seguro de que se negaría a violar la privacidad de su hija incluso ahora que está muerta y, segundo, porque sé que ha estado hablando frecuentemente con mi madre. Hablar con Luciana sería una innecesaria fuga de información que llegaría a los oídos de mi padre.

Las mañanas de los domingos son el momento ideal para entrar a buscar el diario de Lucía, aprovechando la ausencia de Luciana, que sale a comprar fruta y verdura al tianguis del pueblo.

Me parece muy extraña la manera en la que aquí puedo escribir con tanta facilidad que Lucía está muerta. Completamente lo contrario a lo que me sucede con el habla. No sé cómo hacerlo, no he podido pronunciar su muerte. Pero escribirlo me resulta tranquilizante, como si a través de la escritura fuera a salvar su vida. Quizá ahí viven los muertos, quizá después de la muerte entramos a los libros para seguir viviendo.

***

Hoy iremos a comer a La Casserole, un restaurante que elegí para celebrar mi cumpleaños, que es mañana, pero como mi padre trabaja lo festejaremos hoy. Como siempre, el calendario familiar está sujeto a las órdenes del señor licenciado. Mi madre fue por mi nona para que nos acompañe en la comida. Mi padre fue a resolver algunos asuntos laborales a pesar de que es domingo. Yo veré el partido de los Pumas con mi abuelo antes de salir al restaurante. Así que no tengo mucho tiempo entre la partida de Luciana al tianguis y el inicio del dichoso partido. Calculo que tengo un margen de media hora para encontrar el diario. Debo ser presuroso y, al mismo tiempo, cauteloso.

Reviso desde la ventana de mi cuarto si Luciana ya se fue. Su coche estacionado me indica que sigue en casa. Repito la dinámica cada diez minutos desde las diez de la mañana hasta la once y media. El resultado de cada vistazo siempre es el mismo. Salgo y reviso la casa 8, no parece haber movimiento alguno en su interior. Veo a lo lejos, en el área común, a los Kohlmann estableciendo algún récord Guinness. La varicela se ha ido por completo. Me acerco y me sugieren que hablemos en un lugar con mayor privacidad. Me conducen por el interior de su casa hasta el jardín trasero. La planta baja de la casa de la familia Kohlmann, a pesar de que es una réplica arquitectónica de mi casa, no puede ser más diferente en decoración, en iluminación y sobre todo en olor. El signo más distintivo de las casas ajenas, para mí, siempre es el olor. El aroma de la casa 2 es difícil de describir; como normalmente me sucede con los sabores y olores, no encuentro palabras exactas que los definan. Es una especie de mezcla entre miel, madera y avena que a mí me produce escalofríos. En el patio Luperca hace un escándalo anticipando mi presencia. Los ladridos se apagan en cuanto Claus le da una orden en alemán. Lucas me invita a tomar asiento en una especie de casa de muñecas construida por su padre, que ellos llaman centro de operaciones. Me dicen que tienen avances importantes que compartirme. Me muestran una bitácora de la que envidio la caligrafía ordenada y trazada con pluma de punto muy fino que registra tres encuentros entre Pepe Elizondo y Jorge Cano, en distintos días y a distintas horas, al interior de la casa 1. Les pregunto si están completamente seguros de la información que me presentan y se ofenden con mi duda. Elaboro una nueva pregunta para conocer si pudieron escuchar algo de los diálogos y, con decepción, me dicen que no. Explican que desafortunadamente fallaron en el intento.

—Pero no se repetirá.

—Ya tenemos la estrategia para cubrir el próximo encuentro.

Les agradezco su apoyo y les pido que se mantengan alerta. Le hago una caricia de despedida a Luperca que rápidamente tuerce todo el cuerpo para quedar boca arriba con las cuatro patas dobladas, como exigiendo un beso cortés en el dorso de la mano, y la mirada perdida en el placer. La perra muestra unos colmillos filosos con alegría. Sonríe, juro que sonríe. Envidio a Luperca, ojalá fuera ella para poder ser así de feliz.

***

Nunca me ha gustado mi cumpleaños. No encuentro nada de valor en celebrar algo tan fortuito. Tampoco me hace sentir cómodo agradecer regalos que no deseo. Mi abuelo me regala una camiseta de los Pumas que ahora tendré que usar por compromiso; mi madre, una camisa de cuadros rojos y azules, muy formal, que no entiendo en qué universo paralelo imaginó que podría gustarme; mi padre, una navaja suiza con funciones múltiples que me hace pensar que no sabe absolutamente nada sobre mí. Sólo mi nona, a pesar de su confinamiento, me da un regalo que aprecio honestamente: una regresadora de películas VHS. Mi mamá, burlona, le dice «Ay, mamá, cómo le das eso al niño». A mí me encanta el regalo y se lo agradezco con un beso bien dado y un abrazo efusivo, frente a la mirada incrédula de mi madre. Por lo demás disfruto la comida en La Casserole. Me encanta el *fondue* de ahí.

19 de abril

Al regresar de la escuela me doy cuenta de que Luciana sigue en su casa. El coche estacionado me lo vuelve a confirmar. ¿Estará yendo a trabajar? ¿Estará bien? No me animo a tocar. Cruzo a casa del abuelo para relatarle mi preocupación y le pido que me recomiende un buen libro para obsequiarle. Hago hincapié en que recuerde su situación actual y el abuelo asiente con la cabeza. Sugiere un libro y lo busca en su librero, mientras le habla al objeto en voz alta: «¿Dónde estás? ¿Dónde te escondiste? ¿Dónde te dejé? Aquí estás». Me entrega el ejemplar que me sirve de excusa para visitarla.

Estoy en la puerta, presiono el timbre, pero nadie abre. Espero un par de minutos y vuelvo a tocar, nadie abre. En el tercer intento escucho los pasos de Luciana bajando las escaleras. Me recibe una mujer recién bañada y completamente despeinada. Viste con ropa que bien podría guardarse en la basura y no en un armario: una camiseta negra con agujeros, de lo que supongo es un grupo de rock y unos pantalones de mezclilla completamente gastados. Tiene los ojos hinchados y unas ojeras que parecen colgar desde los parpados hasta el ombligo.

—Hola, Carlitos. Qué alegría verte.

La palabra *alegría* contrasta con la voz apagada de la persona más triste del mundo. Me pregunto si pueden caber días tan tristes en una vida feliz. Le doy un abrazo, la sorprendo y me sorprendo.

—¿Puedo pasar?, quiero platicar contigo.

Contra toda su voluntad, me abre paso con un movimiento de la mano indicando el ingreso a la casa. Me pregunta si ya comí, le miento con un sí y me ofrece un café que acepto con gratitud. Imagino que la cocina será un desastre, como su pelo, supongo que estará llena de platos sucios apilados en la tarja y con basura por todos lados. No es así. El lugar está más ordenado y limpio que nunca. Con movimientos desanimados pone una cafetera y me asegura que me encantará el café, dice que es chiapaneco. Sirve dos tazas y se sienta a mi lado en la mesa que tiene como antecomedor adentro de la cocina.

—Te traje este regalo —le entrego el libro.

—¿Tú leíste esto? —pregunta sorprendida viendo la tapa.

—No. Pedí una recomendación para ti.

—Pues muchas gracias, Carlitos.

Efectivamente, el café está muy rico. Antes de que exprese mi opinión sobre la bebida, Luciana se me adelanta:

—A Lucía nunca le gustó el café. Le faltó tiempo.

Con la voz temblorosa y una sensación fría en el pecho a pesar de que la bebida caliente corre por mi interior, me expreso con sinceridad:

—No puedo hablar de ella. No sé qué me pasa, pero me cuesta mucho decir su nombre. Sólo la puedo escribir.

Luciana me mira con ternura y no logra controlar las lágrimas. Yo deseo unirme a su agobio, sacar alguna emoción, contagiarme de su tristeza, pero no lo logro. Me quedo serio, estático, ensimismado en mi impotencia por no poder sufrir. Alexitimia, dice el diccionario que así se llama mi condición.

—Estoy escribiendo un diario que me ayuda a esclarecer mis ideas y que me ayuda a saber —me freno en seco y me siento ridículo por no poder verbalizar mi mayor intención.

Luciana me da un empujón con la voz.

—Que te ayuda a saber quién mató a mi hija.

—Te escuché en el velorio. ¿Es verdad que fue una venganza?

Qué impertinente soy, jugando al detective, frente a una madre abatida por el dolor. Bien haría en levantarme de esta silla, pedir disculpas y salir por la puerta para nunca volver. Encerrarme en mi cuaderno y escribir sobre Lucía como un ejercicio *estrictamente personal.* Pero la mano de Luciana me ata. Me sujeta con fuerza y me pide que me olvide de lo que escuché. Que fueron palabras dominadas por la desolación y nada más. Su tono es seco y profundo, como las mentiras que mejor se ocultan.

—Perdón si soy inoportuno. Quiero saber qué hizo mi padre. No puedo dormir sólo de pensar que sus actos tienen algo que ver con…

—Puedes estar tranquilo, Carlos. Tu padre no tiene nada que ver. Si lo tuviera, yo sería la primera en decírtelo.

No vale la pena insistir. Es injusto hacerlo. Lo que me corresponde es disfrutar el café y dejar esta farsa de escritura. Pararme de frente ante mi padre y cuestionarlo. Pero antes de combatirlo valdría la pena combatirme: ¿por qué hago esto?

22 de abril

Primera cita con la psicóloga. Es sábado y me obligan a ir antes de las diez de la mañana. El consultorio está en Polanco, tan lejos que me parece otra ciudad. Mi madre se queja durante todo el camino de lo complicada que será la mudanza. No la contradigo. Esperamos veinte minutos en una sala bastante cómoda, donde hay un revistero con ejemplares de una considerable variedad temática: automovilismo, farándula, juvenil, deportes, cine, comics infantiles y política. Mi madre toma un número de la revista *Veintitantos* que titula su portada con letras rosas y la frase: «Parejas de hoy. Diez mitos sobre hombres, amor y sexo». Yo me inclino por *Proceso* con portada en rojo y letras blancas que dicen «El asesinato de Colosio descompone al país». Inmersos en nuestras respectivas lecturas, esperamos en absoluto silencio. Doy vuelta a las páginas sin leer las notas. Fijo mi atención en las fotografías e ilustraciones, hasta que mi vista se detiene en un rostro conocido. Me dispongo a leer la esquelética noticia que refiere a Everardo Echavarría, cuando una voz chillante interrumpe, se disculpa por el retraso y nos da la bienvenida. Recorto rápidamente la nota y me guardo el pedazo de papel en la bolsa derecha del pantalón. Entramos los tres a un consultorio, con sillas mucho más incómodas que las de la sala de espera, y la psicóloga nos interroga por un lapso de quince o veinte minutos en los que mi madre contesta la mayoría de las preguntas; incluso aquéllas que están específicamente dirigidas a mí. La doctora pide que nos quedemos solos y mi madre se retira. Empieza un concierto de sandeces que si no fuera por mi alto grado de tolerancia a la estupidez me harían perder la cordura. Dibujos. Acertijos. Situaciones hipotéticas con dilemas. Todo me parece aberrante. Lo peor es que la psicóloga me llama «cariño» y se dirige a Lucía como «tu amiguita bonita». Ésas ya son razones suficientes para desconfiar totalmente de la terapia que, supuestamente, me salvará del abismo.

23 de abril

Domingo otra vez. Mi vida transcurre como transcurren los domingos, sin actividad relevante. Desayunamos *hot cakes* prefabricados que mi madre recientemente descubrió en el supermercado, por supuesto, son un producto gringo. Mi abuelo Jaime se une al desayuno y aferrado a sus gustos con tendencias nacionalistas se niega a probar los panqueques de la Aunt Jemima. Toma café y un poco de fruta. Debate con mi padre cuestiones sobre las reglas electorales de la próxima elección. El abuelo asegura que no volverá a existir un fraude gracias a la credencial para votar con fotografía. Mi padre responde que no ha habido fraude en, por lo menos, los últimos cincuenta años. Añade que la credencial para votar con fotografía es una vacilada y que resulta inexplicablemente costosa, además de ser fácilmente falsificable.

—Hombre, mejorable es. Pero es un primer paso para salir de la prehistoria electoral.

—De verdad, Jaime, no es la panacea. Pasando las elecciones tenemos que hacer una verdadera reflexión del modelo de árbitro electoral que queremos. Este Frankenstein dizque ciudadano que construimos no servirá para nada.

Intento intervenir en la conversación. Creo que mi abuelo tiene razón, pero relato una anécdota que parece apoyar la postura de mi padre: todos los amigos de Rodrigo tienen credenciales para votar, con fotografía, falsas. Con eso compran el alcohol.

—Lo ves —se ufana mi papá.

—Bueno, antes se falsificaban también, incluso más fácil.

Mi madre nos exige que por favor comamos porque se van a enfriar los *hot cakes* y ruega que cambiemos el tema de la conversación. Yo le tomo la palabra, me despacho un par de piezas y las baño en miel de maple. Doy un bocado y le pido que por favor busquemos otra psicóloga.

—No hables con la boca llena —contesta mi mamá.

Después del micro regaño me confiesa que a ella tampoco le convence del todo la psicóloga. Me asegura que pedirá nuevas recomendaciones. Después me informa que visitaremos a la nona. Antes de salir, busco a los gemelos y me comunican que tienen información importante para mí; me piden que busque un sobre amarillo después de las seis de la tarde en el lugar de siempre. Les contesto que me den la información de una vez, que no hay necesidad de ser tan enigmáticos. Se niegan y me dicen que es por nuestra seguridad. Regreso desganado a casa para acompañar a mi madre y le ordeno a mi cuerpo caminar con tedio. Bajo la cabeza y meto las manos en las bolsas de los pantalones mientras pateo una piedra. Una textura incierta me alienta en la bolsa derecha. Desdoblo el papel y leo la nota extraída de la revista *Proceso* en la que se relata el asesinato de Lucía. El reportaje pone en duda la investigación y muestra un extracto de una entrevista a la madre de Efrén, donde asegura que su hijo fue sobornado para auto incriminarse. El texto sugiere que el verdadero motivo de la muerte de la hija de Everardo Echavarría, concebida fuera del matrimonio, responde a un ajuste de cuentas políticas y cierra con una cita del doctor Echavarría ante tal cuestionamiento: «Les pido que no olviden que se trata de una menor de edad y, por respeto a su memoria y al dolor por el que estamos pasando, les ruego que dejen que las autoridades hagan su trabajo y me permitan vivir este doloroso luto en la esfera privada. No contestaré más preguntas al respecto».

***

Al regresar de la prisión en la que mis padres decidieron encerrar a mi nona, no me siento mejor. Mi ánimo se arrastra por los suelos. No imaginaba que el proceso degenerativo de la memoria de la madre de mi madre fuera tan abrupto. Confunde a su hija con su madre, se tropieza con las palabras, refuta sus gustos, desconoce el idioma que compartimos y, así, se olvida de nosotros.

Poco después de las seis, camino languideciendo al lugar donde, hasta hace muy poco, había un pino que daba sombra y tranquilidad. Encuentro con facilidad el sobre amarillo. Regreso a mi cuarto y con absoluta privacidad lo abro. En el interior hay una carta escrita, con recortes de letras de revistas y periódicos, en una prosa telegráfica:

24 de abril

El plan es perfecto en mi cabeza. Le pido a mi madre que me deje en la esquina del colegio con el pretexto de que es más sencillo que yo camine un par de metros para evitarle ingresar al tráfico vehicular que se hace por la fila de coches que dejan a sus hijos exactamente frente a la puerta. Acepta sin problemas y me bajo para simular mi ingreso escolar. Doy un par de pasos y me detengo para amarrarme las agujetas de los zapatos. Veo alejarse el Spirit verde de mi madre y con mesura doy media vuelta para alejarme de la entrada del colegio. Cruzo las quecas de Don Luis, un local de antojitos mexicanos de fama bien ganada en la zona, y me adentro en calles donde espero que nadie descubra mi huida. Camino, camino y camino hasta llegar a la parada del tren ligero en la avenida México-Xochimilco. Nunca me he subido, pero no parece muy difícil de entender. Pregunto con confianza a un policía al que no le resulta nada extraña mi presencia. Compro un abono de transporte que, según me explican, sirve también para el metro. El viaje es más incómodo de lo que pensé, es una odisea entrar; la gente que sube no permite que salga la gente que baja. Se forman dos barreras humanas que ante el choque mutuo se desgranan poco a poco hasta que las puertas del tren se cierran. Tengo la fortuna de terminar en el interior después del tercer intento y el flujo de la gente me traga hasta el fondo del vagón de inmediato. No hay asientos disponibles. Me recargo entre el cristal y dos personas que me apachurran para estar más cómodas. Doy vuelta a mi mochila y la abrazo recargando mi cara en ella. Treinta minutos después llegamos a la última parada, Taxqueña, y siento cómo mi espalda baja empieza a llenarse de gotas de sudor. La salida es más organizada, pero sigue lejos de ser una experiencia placentera. La gente camina en todas direcciones a máxima velocidad, no hay una sola persona con calma a la que le pueda preguntar. Los sonidos son selváticos. Me acerco a un policía y esta vez me mira con recelo, así que decido no abordarlo. Sigo las señales del metro ocultas entre el universo de colores y letreros que hay por los puestos de comida. Estoy completamente desorientado y la incertidumbre empieza a convertirse en miedo. Pregunto sin éxito a dos personas. Una viejita me toma del hombro, supongo que se apiada de mí porque me escolta hasta la entrada del metro. Caminamos juntos un par de minutos por la calle que parece un gran estacionamiento y finalmente nos adentramos en el arco señalizado como estación del Metro del Distrito Federal. Me indica que ella viajará al centro de la ciudad. Le digo que yo tengo que llegar al PRI. Para ahorrarme explicaciones le digo que ahí trabaja mi padre. La sigo hasta el andén y conseguimos asientos en el vagón. Se llama Mercedes. Tan rápido como se acomoda empieza a relatarme su biografía, desde lo que parece un pasado prehispánico.

Mercedes y Ramón se conocieron en una juventud lejana. En tiempos en los que se construía la Ciudad Universitaria. En tiempos en los que el discurso político decía que la modernidad era una realidad, no una simple promesa. En tiempos en los que se sembró la semilla de la corrupción en México. Ramón, con el corazón inflamado y el juicio atolondrado, decidió seducir a la mujer que su mejor amigo, Pedro, había presentado como su novia. Una muchacha de huesos robustos y caderas afinadas al ritmo de los mejores boleros de la época, que decía venir del norte del país para estudiar una carrera universitaria. Pedro, con una candidez que lo cegaba, no hacía caso de todas las voces que lo alertaban de la deslealtad de su mejor amigo. Mercedes se negó durante meses a los elogios y cortejos de Ramón, hasta que una noche de abril de luna llena, en un baile donde Pedro se pasó de copas, lo escuchó confesar que vivía con una atracción atorada en el pecho: le gustaba Rosalba, la mejor amiga de su novia. Rosalba, en realidad no era la mejor amiga, era la única amiga de Mercedes en la ciudad; con ella compartía dormitorio y sus pensamientos más íntimos. Con la seguridad amarrada a un vaso de cuba libre, Pedro decidió sacar a bailar a Rosalba frente a los ojos de Mercedes que encarriló su rabia sujetando a Ramón de un hombro y dejándose tomar por la media espalda para danzar un danzón. De aquellos pasos infieles a contra compás nació Tania. Lo de Pedro con Rosalba no superó aquella noche, pero

Ramón estaba embelesado y convencido de que bailaría hasta el norte del país para pedir la mano de Mercedes, quien aún no sabía que algunos meses más tarde se convertiría en madre. Ramón partió en solitario y nunca volvió. Algunos dijeron que se intoxicó de baile y no dejó de mover los pies hasta que cruzó la frontera y se estableció en un pueblo remoto de California, con una mujer arrítmica. Pedro juró perdón por todos los santos y prometió no volver a tomar ron con Coca Cola, la bebida que le injertaba al mismísimo diablo, y después de algunas semanas de flagelos frente al cuartito donde vivía Mercedes y del que Rosalba se había marchado, logró que la norteña lo perdonara. Pedro y Mercedes se casaron tan rápido como supieron que la mujer estaba embarazada, ella abandonó sus anhelos universitarios y él comenzó a trabajar jornadas dobles para llevar los centavos necesarios al hogar de tres. Pasaron los años y Tania creció feliz. Se convirtió en bailarina profesional sin saber que su padre biológico vivía muy lejos, practicando los pasos de danzón que tanto le gustaban. Hasta que una noche de abril, de luna llena, Pedro ingresó por urgencias al Hospital de México. Una extraña enfermedad contaminó toda su sangre y fue necesario buscar donadores. La primera persona que, naturalmente, se postuló para la causa fue Tania, pero los doctores dijeron que las genéticas sanguíneas no eran compatibles. Pedro murió, a los pocos días, sin saberlo. Tania le exigió explicaciones a su madre. Justo cuando

Mercedes se sentó frente a su hija con una taza de café en la mano, recordando una juventud lejana, dispuesta a confesar un secreto de décadas, se abren las puertas del vagón en la estación Revolución y la mujer me indica que debo bajar ahí, que el PRI está a una cuadra sobre la Avenida de los Insurgentes. No hay tiempo para escuchar el final de la historia, ni despedirme de Mercedes como me hubiera gustado. Corro para salir del metro.

La entrada del edificio tiene un moño negro y una cantidad de arreglos florales que lo hacen parecer más un panteón que un partido político. Unos policías revisan mi mochila y me indican el camino hacia una mesa de registro. Una señora encopetada me pregunta a quién busco. Con la voz turbulenta que en últimas fechas tengo, le informo que vengo a ver al doctor Everardo Echavarría. Que mi visita es urgente. Descuelga un teléfono y antes de que le contesten me pregunta a quién anuncia. Me presento con mi nombre y agrego que soy amigo de Lucía, hija del doctor. La señora habla y afirma, repite que soy un niño, que visto mochila y uniforme escolar, asiente y dice que entiende, cuelga y me informa que espere unos minutos. Me señala unos sillones con la mano, me dice que una persona de la oficina bajará por mí. No es la primera vez que estoy en este lugar, he acompañado un par de veces a mi papá. Siempre me ha parecido un vestíbulo con aires fúnebres, pero ahora que está repleto de arreglos florales luctuosos se potencializa esa sensación.

Empiezo a pensar que no es buena idea esperar aquí, pues es notoria mi presencia y algún conocido de mi padre puede identificarme. Cuando estoy a punto de emprender el viaje de vuelta, se acerca un muchacho un poco más grande que mi hermano, un hombre flaco con una corbata gorda y pelo relamido por el exceso de gel.

—¿Joven Arruza?

—Sí, soy yo.

—Buen día, yo soy el licenciado Erasmo Rubiell, secretario privado del doctor.

—Mucho gusto, licenciado. ¿Cree que el doctor me pueda recibir algunos minutos?

—Desafortunadamente el doctor no está y no vendrá en todo el día, pero si gustas yo te puedo atender. ¿Qué necesitas?

—Es un tema estrictamente personal —digo con una sonrisa que esconde mi frustración—, quizá me pueda ayudar diciéndole al doctor que vine a buscarlo.

—Por supuesto, si me dejas tu nombre completo y un número de contacto…

—No tengo número de contacto, sólo dígale al doctor que me urge hablar con él. Me conoce perfectamente.

Agradezco al licenciado Rubiell sus atenciones y doy media vuelta para iniciar un viaje de regreso mucho más acalorado y sin conversaciones placenteras con extraños.

25 de abril

Sé que no me puedo fugar de la escuela cada día sin que me descubran. Hoy mi mamá se niega a dejarme en la esquina y me lleva hasta la entrada principal del colegio, famosa por tener unas letras de tamaño escalable con el nombre de la institución. Todo el día he pensado cómo lograr escaparme en la tarde para ir nuevamente a la oficina de Echavarría. Al salir de la escuela, descubro rastros de lágrimas en los ojos de mi madre. Me explica que el abuelo sufrió un infarto y está grave en el hospital. Viajamos directo y sin escalas al Hospital Humana, donde el tío Rafael nos espera en la habitación 417, acompañado por mi nona, que parece haber envejecido diez años desde la última vez que la vimos. Mi madre habla con su hermano y entiendo que mi abuelo está siendo operado. Mi padre llega un par de horas más tarde, poco antes de que un médico de barba más blanca que su bata se presente para explicar que mi abuelo deberá permanecer bajo observación en terapia intensiva, pues fue necesario inducirle un estado de coma por las complicaciones en la cirugía a corazón abierto. Mi madre ordena que vayamos a casa todos, que ella se quedará como punto de contacto en el hospital y ahí pasará la noche. Nadie se opone y nos retiramos.

Ya en casa, mi padre pide por teléfono un par de pizzas que ofrecen el servicio en menos de treinta minutos o, de lo contrario, la gratuidad del producto.

Mientras cenamos mi tío me pregunta por mis últimas lecturas con un tono que me resulta inquisidor. Me cuestiona sobre novelas de las que no tengo la más remota idea de su existencia. Mi nona lo interrumpe recordándole que a mi edad él no leía nada. El regaño maternal sirve porque Rafael recupera un tono más amistoso y recuerda una anécdota de cuando yo era muy pequeño.

En unas vacaciones le pido a Rafa que me lea un cuento y le entrego un libro. Al día siguiente le acerco el mismo libro para que me lo lea nuevamente. Al tercer día, le entrego el mismo libro y me pregunta por qué quiero leer el mismo cuento una y otra vez, respondo ingenuamente que creo que tal vez, una vez terminada la lectura, el libro puede cambiar de rumbo y tener otro final para una nueva lectura. Alguien me ha dicho que eso sucede con los libros y yo estoy seguro de esa alternativa.

La nona se queja de la pizza y decide cenar una manzana. Mi padre le ofrece su cuarto para que duerma con el tío Rafa, pues él dormirá, dice, en la recámara vacía de mi hermano. Antes de despedirnos y encerrarnos en los distintos cuartos, mi padre dice que leer novelas no sirve para nada.

26 de abril

Esta vez repito la hazaña de fuga. Mi padre me trae a la escuela mientras mi tío y mi nona se encaminan al hospital. En el trayecto le digo que he visto que Jorge Cano y Pepe Figueroa han estado visitando misteriosamente la casa 1. Se enfurece y me recuerda que no puedo visitar ese lugar, que es la última vez que quiere escuchar que he estado fisgoneando esa casa. El trayecto se convierte en un silencio sepulcral durante varios minutos hasta que mi padre sintoniza las noticias en el radio. Ablanda su enojo y me explica que Cano trabaja en el banco que administra el remate de la casa 1 y Pepe Figueroa tiene intenciones de comprarla. Me pide que no me acerque, pues no quiere tener más problemas con los vecinos. Le prometo que yo no causaré ningún inconveniente. Acepta dejarme en la esquina para evitar el tráfico matutino y antes de despedirnos con un abrazo me dice que mandará a un chofer por mí para que, al salir de la escuela, me lleve al hospital, pues él tiene mucho trabajo. Tan pronto como el coche de mi padre se aleja, me llevo un cigarro a la boca e inicio mi viaje a las oficinas del Partido Revolucionario Institucional.

Pienso en Lucía, específicamente en la tarde cuando bajo el pino del condominio me propone que nos hagamos un tatuaje juntos y yo me niego. Digo que no tengo nada para tatuarme, que no tengo la certeza de que con el tatuaje me identificaré en el futuro. Ella, antes de que el licenciado Rubiell, perfectamente peinado, me salude y me señale el camino. Subimos por un elevador que, según me indica el joven licenciado, tiene acceso directo a la oficina de Echavarría. Después de ascender una quincena de pisos, se abren las puertas en una sala de espera mucho más lujosa que la de la entrada. Me piden que tome asiento y me ofrecen café, té o cualquier cosa de beber. Pregunto si tienen Coca Cola y en menos de dos minutos me entregan una lata roja y un vaso con hielo. La rapidez en el servicio de bebidas es inversamente proporcional al tiempo que espero en ser atendido por Echavarría. No sé si llevo veinte minutos, cuarenta o una hora. El tiempo se vuelve líquido, como en el preciso momento de vigilia antes de conciliar el sueño, cuando se está todavía despierto pero sin ser consciente del transcurso real del tiempo. No hay revistas, ni periódicos, para entretener la espera. Cuando empiezo a sentir sueño aparece Rubiell y me indica el camino abriéndome paso con la mano derecha. Entro a la oficina del doctor Everardo Echavarría, quien me saluda con un abrazo efusivo y me da la bienvenida. Su secretario se despide y cierra la puerta. Me asombra el espacio forrado de madera, con techos muy altos y un escritorio portentoso flanqueado a la izquierda por una bandera de México más alta que yo y una estatua de Benito Juárez al otro lado. En el centro, justo a espaldas de su silla, el retrato del Presidente de la República. Me pide que tome asiento en unos sillones ubicados junto a un ventanal por el que se aprecia la contaminación del aire de la ciudad. Veo una inmensa franja gris que viste a las nubes. Me pregunta si deseo algo de tomar. Le digo que otra Coca y él sale por una puerta trasera que se disimula con la pared de madera, una especie de salida secreta. Mientras espero sentado en la sala, observo una pared llena de recortes de periódicos antiguos, de distintos países y en diferentes idiomas. En otra pared hay un librero que mezcla libros con fotografías del papá de Lucía saludando a personas famosas: logro reconocer a Fidel Castro, al presidente Salinas de Gortari, al futbolista Hugo Sánchez y al escritor Carlos Fuentes. El doctor regresa y me encuentra descifrando su álbum fotográfico con celebridades y con poca modestia dice que ahí está con Fulano y Sutano, en esa otra con Mengano y Perengano, puros nombres de personas internacionalmente conocidas que mi ignorancia no me permite identificar.

—¿Y estos periódicos, doctor? —pregunto moviendo la mirada a la pared que está a mi espalda.

—Todas éstas son portadas de diarios del día en el que yo nací —y con el dedo índice empieza a señalar una por una—: *New York Times*, *Washington Post*, *The Guardian*, *Financial Times*, *Le Monde*, *La Repubblica*, *Yomiuri Shimbun*, *Komsomólskaya Pravda*, *O Globo*, *La Nación*, en fin, y por acá tengo los nacionales.

—¿Por qué todos con la fecha del día de su nacimiento? —y para matizar mi comentario añado—. Qué interesante y original colección.

—Los conservo para recordar, diariamente, que el día en el que yo llegué al mundo no fui noticia en ningún periódico del planeta. Pero el día que yo me muera, habré de aparecer en más de uno. Es un recordatorio que me hago como motivación vital.

Afortunadamente, antes de que yo tenga que responder algo sobre el monumento a su enorme ego, entra una señorita sosteniendo una charola con una Coca Cola, unas galletas y una taza de café que deja en la mesa de centro frente a mí. El doctor toma asiento en el otro sillón, cruza una pierna, toma el café y me hace un ademán con la mano cediéndome la palabra, pero como yo no digo nada, él sugiere:

—Ahora sí, ¿de qué quieres que hablemos, Carlitos?

—Mire, doctor, usted sabe lo importante que es para mí Lucía —por primera vez desde su muerte, encuentro la entereza para decir su nombre—. No sé si usted leyó el *Proceso* la semana pasada, pero me parece que es un error terrible culpar a Efrén por algo que él no hizo.

Pienso que Echavarría me cerrará de tajo la oportunidad de hablar sobre ese tema que supongo le duele, por lo menos, igual que a mí. Creo que me silenciará, como lo hizo con Luciana el día del velorio. Pero no es así. Me mira por encima de sus lentes que están colocados casi en la punta de la nariz. Continúo:

—Sé que es un tema complicadísimo y muy doloroso para todos. Pero yo no descartaría la posibilidad de una represalia contra usted. Incluso con la participación de personas en las que usted confía.

Hago una pausa en la que no logro sostenerle la mirada, que me resulta penetrante, como si sus ojos fueran capaces de atravesar mis pensamientos y supiera lo que estoy por decir.

—Te escucho.

Suspiro y sigo.

—Verá. He estado haciendo una investigación con los recursos que tengo a mi alcance, que creo que le puede parecer muy reveladora. Lo que estoy a punto de contar no es nada sencillo para mí, pues de cierta manera podría parecer una traición de mi parte. Pero después de meditarlo bastante, he decidido que no habría peor traición que ocultar lo que he descubierto. Pues me estaría traicionando a mí mismo y, sobre todo, al recuerdo de Lucía.

El doctor Echavarría asiente, deja la taza de café sobre la mesa y junta las dos manos a la altura del mentón, en una posición que parece que está a punto de rezar, quizá de rezarle a su hija muerta.

—Tengo la impresión de que mi papá sobornó a Efrén para que asumiera la responsabilidad del crimen —doy un trago al refresco—. También llevó trabajadores para que limpiaran la casa donde encontraron a Lucía con el objetivo, creo, de no dejar ninguna evidencia.

Mi entrevistado por fin rompe el silencio y destruye la unión eclesiástica de sus manos. Con la palma izquierda me detiene para hablar con voz templada.

—¿Estás acusando a tu propio padre?

—Me parece que mi padre lo traicionó a usted y a cambio consiguió un importante cargo en el próximo gobierno.

El silencio nuevamente se apodera del espacio. Yo siento un escalofrío y una necesidad inmediata de salir corriendo. Creo que no debí llegar hasta este punto. No logro diferenciar la reacción de mis palabras en mi interlocutor.

—Es muy valiente de tu parte venir hasta aquí para acusar a tu padre. Tan valiente como desleal a tu sangre. ¿No te preocupan las consecuencias? —La voz de Echavarría sigue estacionada en un tono de absoluta tranquilidad.

—Si me preocuparan más las consecuencias que las causas, no estaría frente a usted —respondo con un volumen que gana firmeza con cada palabra.

—Incitar al asesinato es, sin duda, más ruin que cometerlo.

Con esa frase me da la impresión de que Echavarría me dará la razón, que me pedirá más información para sustentar mi acusación. No habla por varios segundos, se acomoda los lentes con el índice derecho, junta las manos y voltea a ver la ciudad que se asoma por el ventanal. En el eterno silencio del doctor Echavarría, que se prolonga por un par de minutos, imagino que actuamos una escena de telenovela en la que, sentados en ese preciso lugar, con la vista puesta en el contaminado Distrito Federal mexicano, el padre de Lucía voltea a ver su puerta secreta y subiendo el volumen dice:

«Javier, acompáñanos de este lado por favor. Siéntate con tu hijo que está muy consternado por el asesinato de mi Lucía». Mi imaginación intensifica el melodrama y lo hace digno de la mejor telenovela de Televisa: mi padre aparece desde el escondite con el semblante más serio que jamás le he visto y me saluda dándome un par de cachetadas ligeras en la cara. «Hola, hijito, veo que ya sabes usar el metro de esta ciudad. ¿O te viniste en taxi?». «Sería bueno que le explicaras el valor de la lealtad», propone Everardo Echavarría. «No, doctor, los traidores nacen, no se hacen. Es claro que no logré, ni lograré, inculcarle eso tan importante a mi hijo», responde mi padre sin quitarme la mirada de encima. Empiezan a escurrir lágrimas por los bordes de la nariz de mi padre y su bigote poblado las absorbe. Su cara se enrojece, se arruga y comienza a desvanecerse poco a poco. La escena de telenovela imaginaria se agota. Otra vez sólo somos dos en la oficina.

El doctor habla con la misma voz pausada de antes y yo lo escucho lejano, distorsionado y no logro entender lo que dice. Me froto la cara con ambas manos para escapar del letargo en el que mi mente me tiene atrapado. Salgo del melodrama y, para asegurarme de que estoy de regreso en la realidad, me pellizco disimuladamente el brazo izquierdo.

—Perdón, doctor. No entiendo.

—Es que es así, hijo. No hay mucho más que entender. Yo mismo le pedí a tu padre que se encargara del asunto. Las presiones políticas seguirán. No puedo permitir que manchen la memoria de Lucía con tonterías como las que publicó *Proceso*. No le puedo hacer eso a Luciana, no te puedo hacer eso a ti. Pero agradezco tu preocupación y confianza para venir a hablar conmigo —Echavarría se pone de pie—. Sé que esto es muy duro para ti, que el dolor te hace pensar muchas cosas irracionales. Pero déjame decirte algo, tienes una ventaja muy grande: tienes más futuro que pasado. Pronto estarás bien, Carlitos. Pronto estarás bien.

Asiento con la cabeza sin saber la razón de ese movimiento corporal. En mi mente busco alguna explicación que justifique mis acciones y legitime mis dudas, me arrepiento de haber ido hasta ahí. El doctor camina a la puerta y la abre:

—Un chofer te llevará de vuelta, Carlos.

Echavarría extiende la mano derecha para despedirse de mí. Deseo poder regresar a mi telenovela mental para dejarle el brazo extendido, reclamarle con insultos su actitud timorata y salir con furia de su oficina, pero estoy absolutamente inmerso en la realidad: me pongo de pie, camino hacia la puerta con una postura jorobada y sin el menor asomo de ímpetu. Finalmente, pacto mi infinita cobardía con un apretón de manos en el que someto, sin resistencia alguna, mi debilidad a la fuerza del doctor que me deja la mano roja y palpitante. Tan pronto como cruzo la puerta de su oficina, escucho la orden que le da a su secretaria: mi sentencia de muerte, pienso, mi *idus* de marzo.

—Comuníqueme con el licenciado Arruza.

27 de abril

El abuelo sigue en un viaje mental que tiene su cuerpo estacionado entre la vida y la muerte. No he podido verlo. Mi mamá discute con mi padre porque asegura que no es momento de mandarme lejos. Le pide comprensión, no quiere quedarse sola, sin sus hijos y sin sus padres en una misma temporada. Él refuta que no podemos vivir en la misma casa, que necesito ser reformado en lo más intrínseco de mis valores. No está dispuesto a abandonar su posición. El plazo impuesto por mi papá para que yo viaje al mismo internado en el que vive Rodrigo es de tres días. El boleto de avión ya está comprado.

Quiero hablar con mi tío Rafael para entregarle esta bitácora y dejar en sus manos el resguardo de esta investigación, pero nuevamente ha escapado sin destino conocido. La nona tiene una nueva ocurrencia, quiere que la lleven a vivir a Italia y no se sabe si como chantaje o derivado de su demencia ya no dice una sola palabra en español.

28 de abril

No he vuelto a la escuela. He perdido todos mis derechos, incluso los más elementales. No me dejan siquiera empacar mi propia maleta. Mi madre lo ha hecho por mí. Estas letras se escriben con el riesgo latente de ser descubiertas.

Debo esconder este diario en el librero de mi abuelo. Espero que este cuaderno lo encuentre con vida.

Mañana viajo.

29 de abril

Me despierto antes de lo común. Escucho los pasos de Rubén, el nuevo portero del condominio, acercarse a la puerta de la casa para dejar el periódico sabatino que contiene un suplemento cultural que me gusta hojear. Lo saludo y me entrega el diario como si fuera una estafeta y estuviéramos en una carrera de atletismo. Abro el cilindro y encuentro una foto del padre de Lucía en primera plana. El titular asegura que el doctor Echavarría fue propuesto por el candidato del PRI, en caso de ganar la elección, como su próximo Procurador General de la República. Considero que es una noticia con repercusiones importantes para toda la familia y decido despertar a mis padres. Mi papá me arrebata el periódico de las manos y lo lee absorto en su cama. Mi madre hace preguntas que nadie contesta, después se pone de pie y exige que mi padre lea en voz alta. Mi papá grita tres «hijos de puta» y empieza a balbucear la nota con un volumen que mi madre pueda escuchar. Sale del cuarto enfurecido y se dirige a su despacho. Le pide a mi madre monitorear las noticias en el televisor. Yo sigo los pasos de mi padre hasta que me cierra la puerta de su oficina en la cara. Deambulo por la casa por algunos minutos y escucho un motor encenderse. Me asomo por la ventana y veo a Luciana marcharse en su coche. Sin dudarlo dos veces, me cambio el pijama por unos pantalones de mezclilla y una sudadera Gap afelpada. Salgo de la casa para intentar infiltrarme en la casa 8. La puerta delantera está cerrada. La puerta trasera está cerrada. Las ventanas, también cerradas. Sólo me queda una opción: me quitó la sudadera y con ella envuelvo mi puño para crear una especie de guante. Con un movimiento determinado rompo uno de los cristales de la puerta que, desde el jardín trasero de la propiedad, tiene acceso a la cocina. Me libero la mano del vendaje improvisado y abro la puerta. Con pasos veloces cruzo la cocina y la sala, subo los escalones de par en par y encuentro el cuarto de Lucía como si ella hubiera pasado la noche anterior ahí. Las sábanas no están tendidas y sus almohadas están completamente desordenadas. Sobre su buró, junto a una lámpara y una vela aromática, encuentro un par de aretes y anillos que reconozco de Luciana. No la culpo, si yo pudiera también dormiría en ese cuarto. Abro un cajón y encuentro todo tipo de pertenencias desorganizadas, pero no el diario. Revuelvo los objetos en búsqueda del cuaderno. No tengo éxito. Escucho la llegada de un auto y me apuro buscando en el segundo cajón del mueble junto a la cama. Encuentro una caja de Olinalá de colores azules y verdes. En el interior identifico la libreta que busco, pero me distraigo con el resto de los objetos que aparecen: un collar con un dije de cuarzo; dos fotografías polaroid, en una de ellas aparezco con Lucía y en la otra aparece con su padre; una pluma fuente y una carta doblada por triplicado. Abro la carta y encuentro que está firmada dibujos de árboles. Paso las hojas y me doy cuenta de que todos los dibujos son trazos distintos del mismo pino. Afuera se clarifican los gritos, los policías llevan a mi padre esposado y lo suben a la parte trasera de la patrulla. Mi madre, desesperada, forcejea inútilmente para que no se lo lleven. Los vecinos empiezan a salir de sus casas para apreciar el espectáculo. La patrulla arranca y yo me encapsulo en uno de los versos escritos por Lucía. Escucho los gritos de mi madre, me llama, grita mi nombre, veo que el coche de la policía se aleja y sale del condominio. Mi madre sigue gritando y yo decido seguir leyendo.

Los secretos de un árbol

La infancia siempre es una ficción. El origen irreversible. El asidero de lo que somos y lo que no fuimos. El espejo de diferencias que nos acompaña por el resto de la vida. Todo eso es tan voluble como el más próximo de los recuerdos, incluso como el futuro. Porque recordar es crear, hacia atrás o hacia delante.

«Muchos años después, frente al pelotón de fusilamiento...», recordarás una mañana remota en la que perdiste la capacidad de sonreír sin ser feliz. La metáfora marcial resulta exagerada, pues lo único que sucederá será que estarás sentado en el comedor de un departamento, en un decimoséptimo piso, en una ciudad donde no hablarán tu lengua; estarás compartiendo la cena con tu esposa y tus dos hijos, quienes tampoco hablarán tu lengua como primera opción en sus conversaciones. El menor abrirá el fuego con preguntas sobre tu infancia, que serán multiplicadas por las ráfagas añadidas por tu hijo mayor y tu mujer. Notarán tu incomodidad para responder, pero no el que vivirán. Habrás de buscar en una bodega lúgubre, entre cajas de viejos recuerdos, el único objeto que te hará sentir capaz de reconstruir tu infancia. Después de abrirte camino entre maletas y muebles empolvados, encontrarás tu santo grial. Subirás al departamento con el estuche de cuero en las manos y se lo mostrarás por primera vez a tus hijos. Relatarás la historia de tu primera cámara y les enseñarás las cintas en las que se grababan las imágenes. Tu hijo mayor te dirá que creía que esos casetes eran sólo para música, que no sabía que también grababan video. El menor te pedirá que reproduzcan algunos, pero la cámara no funcionará. Te contagiarán la curiosidad por saber qué guardan esos rectángulos plásticos de otro siglo. Al día siguiente irás a una tienda de viejos electrodomésticos atendida por una familia china en busca de las reliquias necesarias para visualizar las imágenes. Esperarás a que tus hijos salgan de la escuela y tu esposa, del trabajo. Te dará miedo chocar con tu pasado sin la bolsa de protección que te habrás construido. Después de la cena, se sentarán frente a una televisión en la que habrás conectado una videocasetera de antaño para reproducir un VHS donde, a su vez, se colocarán las cintas video 8 que guardarán algunos de tus más lejanos recuerdos. La imagen en pantalla contendrá movimientos oscilatorios y un nevado inestable que tus hijos jamás habrán visto, colores primarios y muchos pies. En primer plano una pareja de jóvenes se da un beso, y el encuadre te resultará bastante ingenioso, pues sólo se verá de la cintura para abajo. Espacio suficiente para que los espectadores adivinen un beso sin ver las bocas. El recurso se repetirá una docena de veces, interrumpidas cada vez por un breve corte en negros. Una fila adentro de un banco en la que únicamente se ven pies que avanzan; los pies de una señora desamparada y el acercamiento de unos pies bien calzados que presagian la llegada de unas monedas al canasto de la limosna; niños, sin torsos ni cabezas, que juegan futbol en lo que parece un recreo escolar; el medio cuerpo inferior de una maestra que da vueltas en el salón de clases; los pies de una bailarina de flamenco reflejados en un espejo del que se desdobla la toma para duplicarse. Finalmente, unos pies descalzos y sucios en un ángulo tan cerrado que no permite ubicar la locación.

Esa última escena será la única que tendrá una narración que invada el sonido ambiental que regirá el audio del resto del video. Una voz delgada, borboteando entre la niñez y la adolescencia, con alteraciones fonéticas que recuerdan sonidos de animales, relatará la historia de aquellos pies: «Son los pies más feos de todo mi documental y, sin embargo, son los que más me gustan». Las palabras sinceras de Carlitos harán reír a tus hijos. Te celebrarán el ingenio precoz que tenías con la cámara. Tu esposa se sumará al júbilo, asegurará que tú naciste cineasta y sentirás pudor de llevar algunos años sin filmar ninguna película después de que a tu último trabajo no le fue nada bien en la crítica. ¿De quién son los pies mugrosos?, preguntará en español tu hijo mayor y harás un esfuerzo por recordar algo que te parece tan lejano que podría ser una simple invención de tu memoria: Lucía.

En ese preciso instante, rodeado de tu presente y tu pasado, decidirás contar esa historia a través de una cámara. Pasarás horas, días, meses, tal vez más de un año, volcado en la computadora escribiendo un guion que se desbordará de tus recuerdos. Sentirás la necesidad de volver; de ver con tus ojos el lugar sobre el que escribirás, para cerciorarte de que no es una invención tramposa de tu cabeza, que te suele engañar con remembranzas falsas que se anuncian como ciertas.

La idea para salir del abismo creativo. Una película filmada en un pueblo con aspiraciones urbanas. Una película de dos adolescentes unidos por un asesinato. La confesión que tantos años habrás guardado y por la que creerás que vale la pena seguir haciendo cine. Con el guion terminado en las manos, comprarás el primer boleto de avión a la Ciudad de México. Abordarás el vuelo 727 de una aerolínea que aún no existe. La fila 17 y la columna J te esperarán en un holgado asiento junto a la salida de emergencia. En el vuelo te preguntarás si ese viaje es tu salida de emergencia, la escapatoria perentoria en tu vida profesional. La última oportunidad de demostrar que no te quedarás siendo una promesa del cine. También reflexionarás, sin concluir nada interesante, la razón por la cual el orden secuencial de las letras de los asientos en el avión se salta la i. Pocos minutos antes del aterrizaje, tu vecino de butaca recibirá el formato migratorio para extranjeros y verás cómo las casillas para escribir las letras de su nombre resultarán insuficientes. Alcanzarían si no quisiera escribir sus dos nombres: William Carlos, leerás en una letra de molde envidiable que apretará la o y la s en el margen fuera de las casillas. En ese momento recordarás que muchos años atrás, en un vuelo del que no registrarás destino, cuando cuestionaste a tu padre sobre por qué no tenías dos nombres de pila como muchos de tus amigos; tu padre te respondió que era una decisión económica; tener solamente un nombre te ahorraría muchos problemas e incorrecciones burocráticas. Sentado en el asiento J de la fila 17, con la mirada husmeadora en papeles ajenos, le darás la razón a tu padre.

Pisarás tu país con una falsa seguridad como caparazón, contra la incertidumbre que tu inconsciente no se preocupará en esconder. Rentarás un automóvil en el aeropuerto confiado de que la ciudad ha cambiado menos que tú, convencido de que el paso del tiempo no será un obstáculo para que te desplaces autónomamente por esos ríos asfaltados donde corre la sangre de tu memoria; por ese lugar que dejaste de llamar patria cuando dejaste de hablar de tu infancia.

Tu candidez se revelará pronto. No sabrás siquiera intuir una ruta. Tendrás que hacer uso de la tecnología para que un mapa digital te indique el camino al Sanborns de San Jerónimo donde decidirás hacer una escala alimenticia. Pedirás unos molletes y un café a una señora vestida de tehuana con un traje de colores deslavados y costuras deshilachadas. Tomarás una servilleta y en ella dibujarás la vista cenital de un condominio de nueve casas, un área común, una caseta de vigilancia y un pino del tamaño suficiente para ofrecer una sombra radial de varios metros. Pedirás que te rellenen la taza y te servirán café chiapaneco; también te darán dos sobrecitos verdes, sustitutos *saludables* de endulzante. Extrañarás los tiempos de los terrones de azúcar que venían por cuadruplicado y la tranquilidad de la gente despreocupada por seguir una vida orgánica.

Después del almuerzo caminarás al área de la librería. En los estantes y revisteros no encontrarás nada que te generé el interés suficiente para sacar la cartera. Hojearás dos novelas feministas que la crítica internacional mimará, y una trasnochada revista del intelectualismo nacional más anacrónico, cuyo director, figura de otro siglo, sorprendentemente seguirá escribiendo los editoriales de la publicación. Frente al espejo del baño pensarás que hay cosas que simplemente no pueden cambiar. El precario y austero servicio sanitario de Sanborns te parecerá un reflejo del corporativismo mexicano: nunca preocupado por perfumar y limpiar los lugares donde deja su mierda. Beneficios de la impunidad.

Al volante se te esclarecerán los cambios cosméticos del desarrollo. Un segundo piso en el periférico hasta la salida a Cuernavaca, edificios residenciales tan opíparos como los más lujosos del mundo, nuevos centros comerciales que concentran la atención que los lugares públicos nunca han logrado atraer. La parroquia frente a Perisur, que no recordarás en lo absoluto, te parecerá un platillo volador a punto de despegar; otra vulgar imitación arquitectónica de Frank Gehry, como tantas que plagaron el mundo a principios del nuevo siglo. En tu ruta hacia el sur de la ciudad concluirás que detrás de las fachadas seguirá estando la misma desigualdad, la misma carencia de escrúpulos y el mismo llamado a misa. México efectivamente habrá cambiado menos que tú.

Descubrirás que la calle para subir a la que fue tu casa, tradicionalmente de dos carriles en contrasentido, se habrá convertido en una vía de una sola dirección. Un albañil generoso, con un taladro que perforará ruidosamente una calle perpendicular a la principal, te dirá que en horas pico de la mañana y la noche, el segundo carril se hace reversible y la vía se convierte en una ruta de un sentido único. Las calles que modifican su dirección a conveniencia del tráfico te parecerán lo más antinatural que puede existir. ¿Cuándo se ha visto un río que corra y regrese?

Antes de llegar a la que fue tu casa, tendrás que dar una vuelta que te hará peregrinar por todo el pueblo. El McDonald's estará acompañado de una cafetería, otra hamburguesería, bancos, tiendas de productos para animales y tiendas de autoservicio. Todos negocios de origen extranjero. El progreso, te darás cuenta, habrá llegado al pueblo sin arrastrar en su flujo desarrollador ninguna sala de cine. El progreso, también te darás cuenta, habrá cambiado la tonalidad del lugar. La gama de grises y ladrillo será suplantada por colores plásticos y brillosos que maquillarán el subdesarrollo.

Al adentrarte en el pueblo, encontrarás la iglesia intacta como una prueba de la relatividad del transcurso del tiempo. Un impulso te hará estacionar el coche y entrar. Estará vacía, apagada; dos personas mendigarán en la entrada, pordioseras que parecerán agnósticas pues ya habrán dejado de pedir por Dios, solicitarán limosna con absoluta sinceridad para más vicio, para conseguir lo único que les saciará el hambre y el desasosiego. También un perro callejero se refugiará del calor en las puertas del Señor. El único que te seguirá en el camino al altar será el canino. Juntos sentirán las miradas de santidades que no reconocerás y que te juzgarán desde los costados. Un olor fétido te penetrará el gusto. Tu compañero de camino materializará tu deseo en una mierda espiral que yacerá a centímetros de tus pies. El de la cruz, con la mirada puesta en ti, se disgustará y los correrá del inmueble. El perro se acostará en el regazo de uno de los mendigos que te reclamará clemencia y tú te seguirás de largo rumbo al automóvil con un dolor de cabeza que se asemejará a un día de mal sueño.

En el lugar en el que alguna vez estuvo un árbol al que llamaste escondite secreto, encontrarás una planicie terrosa con el rastro de algunas raíces secas y los vestigios de una torre de electricidad fuera de funcionamiento. Te sorprenderás al darte cuenta de que recordabas aquel sitio mucho más amplio de lo que es en realidad. Ahí de secrecía no encontrarás nada, pues la entrada al panteón estará tan cerca que el refugio será completamente visible para cualquier visitante del mundo de los muertos. Pensarás que tus muertos están precisamente en ese lugar, a pesar de estar diseminados por el mundo, porque uno no se muere donde debe, sino donde puede. Tus muertos pertenecen al lugar que los mató, pensarás, y ese sitio será aquel pueblo de nombre desconocido, al que decidirás, entonces, nunca volver después de terminar de filmar tu película.

Harás una parada en la tienda del Borrego que te atenderá desde la lentitud de la tercera edad. Comprarás una cerveza que pagarás con un billete cuantioso y sin esperar el cambio saldrás del local. El sobreprecio autoimpuesto te parecerá un gesto de fidelidad a tu infancia. Después verás que los negocios de tus recuerdos habrán cambiado de giro. Donde estaba la heladería ahora encontrarás una tintorería, en la panadería habrá una tienda de celulares. El puesto de periódicos se habrá extinguido sin sustituto alguno y la cárcel femenil seguirá enraizada en el mismo sitio y con las mismas características con las que la dibujarán tus sueños.

Al entrar a la cerrada de Abasolo, tu calle, sentirás las palmas de las manos empapadas. El vacío en el estómago y la rigidez en las cervicales te exigirá respirar profundo en busca de calma para tu angustia. Un coche abandonado, destartalado y estacionado precisamente afuera del condominio te dará la bienvenida. Al ver el Spirit salpicado de manchas de óxido y abolladuras en todos los flancos, recordarás cómo los coches de su época te parecían armas muy dañinas en los días de calor: el asiento quemaba, el cinturón no retractable se convertía, también, en una fragua ardiente capaz de marcar a cualquiera como al ganado y la atmósfera de la cabina te resultaba similar a una cámara de gas. Ahora, destartalado, con la pintura desvaída, todas las llantas ponchadas, la antena rota y el cofre lleno de cicatrices, te parecerá un coche completamente inofensivo.

Te anunciarás en la caseta de vigilancia y un portero joven te preguntará a quién visitas. Lo primero que se te ocurrirá será decir que vienes a ver a la familia Kohlmann, explicarás que viviste en esa privada hace muchos años. Generarás confianza en el hombre que te abrirá las puertas sin poner mayor restricción o, siquiera, anunciar tu llegada.

Tocarás en la casa 2 y te abrirá un hombre robusto, varios centímetros más alto que tú, tan rubio como siempre, con la misma cara de su padre, pero con un bigote bien poblado. No te reconocerá. Saludarás con una pregunta: «¿Claus o Lucas?» Se disculpará por no saber quién eres. Te dirá que su nombre es Lucas. «Soy Carlos Arruza», dirás, «viví aquí en la casa 4, cuando éramos niños fuimos muy amigos. ¿Cómo estás? ¿Cómo está Claus?» Te mirará con perplejidad, se volverá a disculpar por no recordarte. Te preguntará quién es Claus. Tú lo mirarás con incredulidad y te disculparás, darás pasos en reversa, asegurando que te equivocaste de casa. Aturdido por la confusión, caminarás rumbo a tu casa y notarás que será la única deshabitada. Frente a la entrada sentirás el peso de una naranja caer sobre tus pies, te alejarás unos metros y con tu celular le tomarás una foto de cuerpo completo a la fachada de la casa 4. Escucharás el abrir y cerrar de la puerta de la casa de enfrente, de la que verás salir a una adolescente cantando con unos audífonos inalámbricos en forma de diadema. Tu mirada seguirá su camino hasta el área común, donde se sentará bajo la sombra de un pino robusto de varios metros de altura y prenderá un cigarro. Absorto en una única duda caminarás hacia ella. Se quitará los auriculares para escuchar tu pregunta y tú la repetirás con una disculpa incluida: «Perdón, ¿cuál es tu nombre?». En ese momento, justo en ese preciso momento, esperando su respuesta, te acordarás qué año era aquél.